MARGARET MILLAR

MORTELLEMENT VÔTRE

Traduction révisée
d'Igor B. Maslowski

Titre original :
Beast in View
publié par Random House

Conception graphique : Louise Cand
Couverture : © Plainpicture / Jasmin Sander

ISBN : 978-2-7024-5096-3

Née en 1915 au Canada, **Margaret Millar** a suivi des études de psychiatrie, mais n'a jamais exercé ce métier. Elle s'est lancée dans l'écriture policière dans les années 1940 avec *L'Invisible Ver*, dont le héros est — sans surprise — un psychiatre, et a remporté un grand succès. Considérée comme une des plus grandes dames du roman policier, elle a été présidente de la prestigieuse association des Mystery Writers of America pendant plusieurs années, et deux fois couronnée du prix Edgar du meilleur roman, pour *Mortellement vôtre* et pour *Banshee*.

1

— Mademoiselle Clarvoe ?

La voix était calme, plaisante.

— Oui.

— Vous savez qui je suis ?

— Non.

— Une amie.

— J'ai beaucoup d'amies, mentit Mlle Clarvoe.

La glace, au-dessus du téléphone, lui renvoya son image. Elle se vit en même temps qu'elle s'entendit proférer ce mensonge, et acquiesça même, comme pour se convaincre qu'elle disait vrai. Seul son regard ne se prêta pas à la comédie. Embarrassée, elle détourna les yeux.

— Nous ne nous sommes pas croisées depuis un moment, poursuivit la voix, à l'autre bout du fil, mais je ne vous ai pas perdue de vue. Je possède une boule de cristal.

— Je… Pardon ?

— Une boule de cristal. Vous savez, une de ces boules dans lesquelles on voit l'avenir. J'en ai une. Et mes amies y apparaissent, les unes après les autres. Ce soir, ç'a été votre tour.

— Moi ?

Helen Clarvoe se tourna de nouveau vers la glace. Dans le miroir rond aux airs de boule de cristal, son visage, ce vieil ami familier mais ingrat, lui sauta aux yeux ; la mince ligne de la bouche serrée sur une mâchoire osseuse, les cheveux châtain clair, coupés aussi court que ceux d'un homme, les oreilles toujours un peu violacées comme avec le froid, les cils et les sourcils tellement pâles que les yeux eux-mêmes semblaient nus et apeurés. Un vieil ami dans une boule de cristal. D'une voix dont elle tenta de maîtriser le tremblement, Helen Clarvoe demanda :

— Qui est à l'appareil ?

— Evelyn. Vous vous rappelez ? Evelyn Merrick.

— Ah, oui…

— Vous vous souvenez, maintenant ?

— Oui.

C'était un autre mensonge. Le nom ne lui disait rien. Ce n'était qu'un son qu'elle était incapable d'identifier, pas plus qu'elle n'aurait pu distinguer le vrombissement d'une voiture ou d'une autre dans le vacarme de la circulation du boulevard, trois étages plus bas. Elles se ressemblaient toutes, les Ford, les Austin, les Cadillac, les Evelyn Merrick.

— Vous m'écoutez toujours, mademoiselle Clarvoe ?

— Oui.

— J'ai entendu dire que votre père était mort.

— Oui.

— J'ai aussi entendu dire qu'il vous avait laissé beaucoup d'argent.

— Il n'y a que moi que cela regarde.

— Avoir de l'argent est une grande responsabilité. Je pourrais vous aider.

— Merci, je n'ai pas besoin d'aide.

— Vous changerez peut-être bientôt d'avis.

— J'ai l'habitude de m'occuper de mes affaires, sans m'adresser à des inconnus.

— Des inconnus ? (Il y avait comme un soupçon de désarroi dans la voix.) Vous avez pourtant dit que vous vous souveniez de moi.

— J'essayais simplement de me montrer polie.

— Polie, hein ? Toujours la jeune fille de bonne famille, Clarvoe ? Ou, du moins, essayant de vous faire passer pour telle. Eh bien, un de ces jours, vous entendrez parler de moi. Je serai célèbre, on admirera mon corps dans tous les musées du pays. Cela ne vous rendra pas jalouse, Clarvoe ?

— Je pense que vous êtes... folle.

— Folle ? Oh ! non. Ce n'est pas *moi* qui suis folle. C'est *vous*, Clarvoe. C'est vous qui ne vous souvenez de rien. Et je sais pourquoi. Parce que vous êtes jalouse. Jalouse de moi. D'ailleurs, vous l'avez toujours été, au point que vous m'avez occultée.

— Ce n'est pas vrai ! s'écria Helen. Je ne vous connais pas. Je n'ai jamais entendu parler de vous. Vous vous trompez.

— Je ne me trompe pas. Ce dont vous avez besoin, Clarvoe, c'est d'une boule de cristal pour vous rappeler vos vieux amis. Je devrais peut-être vous prêter la mienne. Pour que vous puissiez vous y regarder, vous y voir. À moins que cela ne vous fasse peur ? Vous avez toujours été si lâche, et ma boule vous rendrait folle de crainte. Tenez, je l'ai là, juste devant moi. Voulez-vous que je vous dise ce que j'y vois ?

— Non... Arrêtez cette plai...

— C'est vous que je vois, Clarvoe.

— Ce n'est pas vrai !

— Votre visage n'est qu'à quelques centimètres du mien, aussi net que si vous étiez là. Mais il y a quelque chose qui me semble bizarre. Ah ! je comprends, maintenant. Vous avez eu un accident. Vous êtes défigurée. Votre front est ouvert, votre bouche saigne. Oui, je vois du sang, beaucoup de sang...

Dans un geste de terreur, Mlle Clarvoe balaya le téléphone de la main. L'appareil tomba sur le sol, la tonalité laissant entendre son ronron monotone.

Mlle Clarvoe se regarda dans la glace. La voix mentait. Elle n'avait pas de blessure au front, ni de sang à la bouche. Si elle, Helen Clarvoe, avait saigné un jour, c'était intérieurement.

Ayant enfin repris son sang-froid, elle ramassa le téléphone. Au moment où elle allait replacer le combiné sur la fourche, elle entendit la voix de la standardiste :

— Quel numéro, je vous prie ? Quel numéro désirez-vous ?

Mlle Clarvoe aurait voulu dire : « Passez-moi la police », comme on le fait dans les films, avec naturel et désinvolture. Elle n'avait jamais eu affaire à la police durant les trente années de son existence. En fait, elle ne se souvenait même pas d'avoir adressé un jour la parole à un agent. Pourquoi l'aurait-elle fait ? Elle n'avait commis ni même été victime d'aucun crime, et n'avait rien à voir avec quiconque en commettait.

— Quel numéro, s'il vous plaît ? continuait la standardiste.

— C'est… c'est vous, June ?

— Mais oui, mademoiselle Clarvoe ! Mon Dieu, en ne vous entendant pas répondre, j'ai craint qu'il ne vous soit arrivé quelque chose, que vous vous soyez évanouie ou…

— Je ne m'évanouis jamais.

Encore un mensonge. Cela devenait une habitude, un passe-temps, elle tissait les mensonges.

— Quelle heure est-il, June ?

— Près de 21 h 30.

— Êtes-vous très occupée ?

— Je suis seule au standard. Dora a la grippe, et j'essaie moi-même d'éviter de l'attraper.

Helen Clarvoe soupçonnait, à la note d'apitoiement dans sa voix et à son élocution légèrement traînante, que June luttait contre la grippe d'une manière qu'elle-même, ou bien la direction, désapprouverait.

— À quelle heure terminez-vous votre service, June ?

— Dans une demi-heure, environ.

— Voudriez-vous… Je veux dire que j'aimerais beaucoup que vous montiez à mon appartement avant de rentrer chez vous.

— Pourquoi ? Il y a quelque chose qui ne va pas, mademoiselle Clarvoe ?

— Oui.

— Flûte, ce n'est pas moi… ?

— Je vous attendrai vers 22 heures, June.

— Bon, je monterai, mais je ne vois pas…

Mademoiselle Clarvoe raccrocha. Dieu merci, elle savait comment il convient de traiter les June et leurs pareilles. Raccrocher. Couper la communication. Ce dont elle ne se rendait pas compte, c'est qu'elle avait rompu ses relations avec trop de gens, qu'elle avait trop souvent raccroché. Maintenant, à 30 ans, elle était seule, atrocement seule. Lorsque le téléphone sonnait ou que l'on frappait à la porte, c'était généralement un des employés de l'hôtel, le groom avec le journal du matin, quelquefois une esthéticienne du salon de beauté. Mlle Clarvoe n'avait plus d'amis. Plus personne au nez de qui raccrocher, à l'exception d'une standardiste qui travaillait dans le bureau de son père, et d'une étrangère cinglée munie d'une boule de cristal.

Elle avait raccroché au nez de l'étrangère, certes, mais pas assez vite. Comme si sa solitude l'avait obligée à écouter ; même les mots du mal valaient mieux que pas de mots du tout.

Elle traversa le salon et ouvrit la porte-fenêtre donnant sur le petit balcon. Il n'y avait là qu'une chaise, une seule, et elle y prit place. Le boulevard, à ses pieds, était noir de monde, des néons s'allumaient et s'éteignaient sur les façades, les bruits de l'animation de la ville remplissaient l'air.

Une étoile filante traversa le ciel, mais Mlle Clarvoe ne fit pas de vœu. Les passants, trois étages plus bas, lui semblaient aussi lointains que la voûte céleste.

June arriva en retard, après un petit détour par le bar. Elle grimpa l'escalier de service et frappa à la porte de la cuisine de Mlle Clarvoe. Parfois, cette dernière elle-même empruntait cet escalier. June l'avait souvent vue se glisser pour entrer ou sortir, tel un fantôme mince et effrayé cherchant à éviter les personnes réelles. N'entendant pas de réponse, June voulut tourner le bouton, mais la porte était fermée à clef. Le bruit courait à l'hôtel que Mlle Clarvoe, n'ayant pas confiance dans les banques, gardait chez elle de grosses sommes d'argent. Mais c'était une rumeur récurrente, d'ordinaire lancée par les grooms, qui prenaient un malin plaisir à programmer divers larcins lorsqu'ils étaient trop fauchés pour jouer aux courses. June, elle, ne croyait pas à cette histoire d'argent. Pour elle, Mlle Clarvoe fermait tout à clef parce que c'était dans son caractère.

La jeune femme frappa de nouveau. Elle vacillait légèrement sur ses pieds car elle avait bu un double martini. Et parce qu'une radio au bout du couloir diffusait une valse et que les valses lui donnaient toujours envie de danser. Son petit corps maigre oscillait d'avant en arrière sous le manteau à carreaux bon marché. Aussi la voix de Mlle Clarvoe, lorsqu'elle l'entendit, la ramena à la réalité comme un coup de fouet.

— Qui est-ce ?

— C'est moi, June.

— Ah...

Un bruit de clef, puis la porte s'ouvrit.

— Vous êtes en retard.

— Oui, j'ai dû faire une petite course avant de venir.

— Je vois…

Mlle Clarvoe savait en quoi consistait cette « course », l'odeur en imprégnait déjà la petite cuisine.

— Suivez-moi, June…

— Je ne peux rester qu'une minute, mademoiselle Clarvoe. Ma tante…

— Pourquoi avez-vous emprunté l'escalier de service ?

— Eh bien, je ne savais pas trop ce que vous me vouliez. Je pensais que vous aviez quelque chose à me reprocher et je ne désirais pas qu'on vous entende, sur le palier, si ç'avait été le cas.

— Je n'ai rien à vous reprocher, June. Je voulais simplement vous demander quelques renseignements.

Mlle Clarvoe sourit d'un air aimable. Dieu merci, elle savait comment traiter les June et leurs pareilles. Il fallait sourire. Peu importe que vous soyez rongé de crainte et d'incertitude, il fallait sourire.

— Êtes-vous déjà venue chez moi, June ?

— Non.

— Jamais ?

— Quand aurais-je pu ? Vous ne m'avez jamais invitée, jusqu'à présent, et j'ai commencé à travailler ici après votre installation.

— Vous voudriez peut-être que je vous fasse faire le tour de l'appartement ?

— Non, merci beaucoup, mademoiselle Clarvoe, je suis plutôt pressée.

— Un verre alors. Si je vous offrais un verre… ?

Sourire. Cajoler. Offrir à boire. Tout faire pour éviter de se retrouver seule, à attendre que le téléphone sonne à nouveau.

— J'ai du bon Xérès. Je n'en bois guère, mais je le garde pour quand je reçois des visites.

— Ma foi, je pense qu'un petit verre de Xérès ne me ferait pas de mal, déclara June en s'humectant les lèvres. D'autant que j'ai toujours peur d'avoir attrapé la grippe.

Mlle Clarvoe la précéda au salon. June la suivit en tournant la tête de tous les côtés, curieuse. Mais il n'y avait rien à voir, toutes les portes étaient fermées, impossible de dire ce qu'il y avait derrière.

Elles atteignirent la grande pièce où Helen passait des journées entières, se reposant sur le divan, lisant dans le fauteuil près de la fenêtre, écrivant des lettres devant le petit secrétaire : *Chère maman… Je me porte bien… Quel temps splendide ! … Noël s'annonce beau… Mes amitiés à Douglas… Cher M. Blackshear, en ce qui concerne les cent actions Atlas…*

Sa mère vivait à moins de dix kilomètres, à Beverly Hills, et les bureaux de M. Blackshear se trouvaient sur le boulevard, à une douzaine de blocs, mais cela faisait très, très longtemps qu'elle ne les avait vus, ni l'un ni l'autre.

Elle prit la carafe et servit le Xérès.

— Tenez, June, dit-elle.

— Oh ! merci bien, mademoiselle Clarvoe !

— Asseyez-vous donc…
— Sûr, avec plaisir…
La standardiste s'installa dans le fauteuil de Mlle Clarvoe pendant que cette dernière l'examinait. Elle ressemble à un oiseau, cette fille-là, songea Helen, avec ses mouvements si vifs, ses yeux de rapace, ses petites mains osseuses. Un moineau qui vit d'alcool, plutôt que de miettes.
Et, tout en observant June, Mlle Clarvoe se demanda à quoi ressemblait Evelyn Merrick. Elle prépara soigneusement sa phrase, avant de déclarer lentement :
— J'ai reçu un coup de fil, June, vers 21 h 30. Je vous serais très… reconnaissante de tous les renseignements que vous pourriez me fournir à ce sujet.
— Vous voulez dire… d'où il venait ?
— Oui.
— Alors je ne sais sûrement pas, à moins que ça n'ait été l'inter. J'en ai eu trois ou quatre, des communications de l'inter, ce soir, mais aucune pour vous.
— Mais vous vous rappelez avoir sonné mon appartement ?
— Je ne sais pas.
— Réfléchissez bien.
— Sûr, mademoiselle Clarvoe, j'essaie…
June fronça les sourcils dans un effort de réflexion évident, puis secoua la tête :
— Si quelqu'un vous avait demandée par votre nom, je m'en serais sûrement souvenue. Mais si on m'a dit : « Le 425 », je l'aurai passé machinalement.

— Autrement dit, la personne qui m'a appelée connaissait le numéro de l'appartement ?

— Ma foi, je le suppose.

— Pourquoi le supposez-vous, June ?

La jeune fille se dandina au bord du fauteuil, ses yeux allant tour à tour de la porte à Mlle Clarvoe.

— Je... je ne sais pas, mademoiselle.

— Vous avez dit que vous *le supposiez*.

— C'est parce que... parce que je ne me rappelle pas avoir donné le 425 ce soir.

— Insinueriez-vous que je mens, June ?

— Oh ! non, mademoiselle Clarvoe. Simplement, je ne m'en souviens pas.

Ce fut la fin de l'entrevue. Il n'y eut ni « au revoir » ni « à bientôt ». Helen se leva et ouvrit la porte. June se faufila, pressée de partir. Et Mlle Clarvoe se retrouva seule.

Des rires lui parvinrent depuis le balcon de l'appartement voisin. Puis des bribes de conversation.

— Non, vraiment, t'es un chic type, George.

— Écoutez-moi ça, si c'est pas gentil !

— Pour l'amour de Dieu, qui a pris le décapsuleur ?

— À ton avis, pourquoi le bon Dieu t'a donné des dents ?

— Ce que le bon Dieu a donné, Il l'a repris.

— Dolly, bon sang, où as-tu mis le décapsuleur ?

— Je ne m'en souviens pas...

Je ne m'en souviens pas. Je ne me rappelle pas.

Mlle Clarvoe alla s'asseoir devant son secrétaire, prit le stylo en or massif que son père lui avait offert à l'occasion d'un anniversaire, il y avait des siècles de cela, puis se mit à écrire :

Chère Maman, cela fait longtemps que je ne t'ai pas donné de mes nouvelles. J'espère que vous allez mal, Douglas et toi...

Elle s'arrêta, consciente d'un lapsus, mais sans se rendre compte sur-le-champ de ce qu'elle avait écrit. Elle dut se relire. Et pourtant, se dit-elle, je ne le voulais pas, je ne le pensais pas... Je n'ai aucun ressentiment à son égard. C'est tout ce bruit aussi, je n'arrive pas à me concentrer, ces gens horribles à côté...

— Y a des fois, Harry, disait une voix de femme dans l'appartement voisin, je me demande si j'ai raison de rester avec toi.

— Bah ! une de perdue, dix de retrouvées. Allez, mon chou. Ce n'est qu'une plaisanterie, tu as perdu ton sens de l'humour ?

Mlle Clarvoe se leva pour fermer la porte-fenêtre.

Et si ce n'était qu'une *plaisanterie* ? Un employé de l'hôtel qui avait voulu lui faire peur parce qu'on la croyait riche et qu'on la trouvait un peu bizarre ? Elle savait que ces deux caractéristiques faisaient d'elle la proie idéale des plaisantins ; elle s'y était faite depuis longtemps, et les ricanements étouffés ne la dérangeaient plus comme à l'époque où elle était écolière.

Oui, c'était sûrement une plaisanterie. Il n'y avait pas d'Evelyn Merrick, pas de boule de cristal. Pourtant... Le nom lui semblait tout à coup tellement familier qu'elle se demandait si, finalement, elle ne l'avait pas déjà entendu.

Elle ferma les rideaux et revint à sa lettre... *Vous allez mal, Douglas et toi*... Elle raya le mot *mal*, le remplaça par *bien, j'espère que vous allez bien*. Moi non. Je n'espère rien. Je me fiche de tout.

Elle déchira la feuille en son milieu et la jeta dans la corbeille à côté de son bureau. Elle n'avait plus envie d'écrire. D'ailleurs, qu'aurait-elle dit à sa mère ? Il y avait belle lurette qu'elles étaient devenues totalement étrangères. L'idée de lui demander de l'aide, des conseils ou du réconfort était grotesque. Mme Clarvoe n'avait rien de tout cela à donner, quand bien même Helen aurait osé le lui demander.

À côté, on chantait à présent. *Down by the Old Mill Stream, Harvest Moon, Daisy, Daisy*. Parfois en étroite harmonie, parfois dans la cacophonie. Une bouffée de colère et de ressentiment envahit le corps d'Helen. Ils n'avaient pas le droit de faire autant de bruit à cette heure de la nuit. Elle allait devoir taper sur le mur pour les avertir, et si cela ne suffisait pas, elle appellerait le directeur.

Outrée, Mlle Clarvoe se leva et fit un pas, mais son talon se prit dans la frange du tapis et elle tomba en avant. Son visage heurta le coin du secrétaire. Elle ne parvint pas à se relever tout de suite, et eut tout le temps de sentir le goût salé du sang dans la bouche ainsi que les battements paniqués de son cœur.

Quand, enfin, elle eut la force de se remettre sur ses pieds, son premier geste fut de se regarder dans la glace, au-dessus du téléphone. Elle avait une légère éraflure au front et sa lèvre saignait un peu, là où elle s'était mordue.

« Vous avez eu un accident. Vous êtes défigurée. Votre front est ouvert, votre bouche saigne… »

Mlle Clarvoe étouffa le cri qui lui montait à la gorge. Au secours ! faillit-elle hurler. Au secours ! Maman ! Douglas ! M. Blackshear !

Mais elle ne cria pas. Et elle ravala son cri, comme elle en avait déjà ravalé bien d'autres dans sa vie.

Je ne suis pas vraiment blessée. Il faut que je sois raisonnable, pensa-t-elle. Papa se flattait toujours de mon côté très raisonnable devant les gens. Il ne faut pas que je cède à l'hystérie, il faut que je me conduise raisonnablement.

Elle se rassit, prit une feuille de papier et son stylo.

Cher M. Blackshear,

Vous vous rappelez peut-être qu'à l'issue des obsèques de mon père, vous m'avez dit que si jamais j'avais besoin d'aide ou d'un conseil, je pouvais m'adresser à vous. J'ignore si c'était une simple formule de politesse, ou si vous le pensiez. J'espère que cette dernière hypothèse est la bonne. J'ai en effet besoin d'un conseil car je crois être victime d'une folle…

2

... Je regrette de vous avoir exposé tous ces détails sordides, mais je ne voyais pas le moyen d'agir autrement. Je n'ai pas l'habitude de me décharger de mes ennuis sur autrui ; étant donné, néanmoins, que vous avez été, de longues années durant, le conseiller écouté de mon père, je serais heureuse que vous me donniez votre avis sur ce que je vous ai expliqué ci-dessus.

Je vous serais infiniment reconnaissante de bien vouloir me téléphoner dès réception de cette lettre. J'ajoute que je compte exprimer ma gratitude autrement que par des paroles. Dans l'attente de vos nouvelles, veuillez croire, cher monsieur Blackshear, à l'expression de mes sentiments les meilleurs.
Helen Clarvoe

La lettre parvint au bureau de M. Blackshear d'où on la fit suivre à son appartement, à Los Feliz, car il était rentré de bonne heure chez lui. D'ailleurs, il ne venait plus régulièrement à son bureau. À cinquante ans, il avait commencé à prendre peu à peu sa retraite. Il le faisait en partie parce que ses moyens le lui permettaient, en partie aussi parce qu'un ennui croissant s'emparait de lui. Les choses désormais se répétaient : les situations nouvelles avaient un goût de déjà vu, et les personnes qu'il rencontrait pour la première fois étaient les mêmes que celles qu'il connaissait depuis des années. Plus rien ne lui paraissait nouveau.

L'été était passé. Un ennuyeux hiver s'était installé et le gel se nichait dans les crevasses de l'esprit de Blackshear. Sa femme était morte, ses deux fils s'étaient mariés et vivaient leur vie ; quant à ses amis, ils étaient pour la plupart des relations d'affaires qu'il voyait, à l'heure du déjeuner, au Scandia, au Brown Derby ou au Roosevelt. Il ne sortait que rarement le soir car il devait se lever avant l'aube pour être à son bureau à 6 heures du matin, heure à laquelle – compte tenu du décalage horaire – ouvrait la Bourse de New York.

Dès le début de l'après-midi, il se sentait las et irrité et, en recevant la lettre de Mlle Clarvoe, il faillit ne pas l'ouvrir. Il connaissait Helen Clarvoe depuis longtemps, par l'intermédiaire de son père, et sa prose affectée, son esprit étriqué le déprimaient. Il n'avait jamais pu la considérer comme une femme. Elle était simplement Mlle Clarvoe. Et des clientes comme elle, il en avait une bonne douzaine, riches et solitaires, qui désiraient devenir plus riches encore afin d'éloigner la malédiction de leur solitude.

— Que le diable emporte cette jeune femme ! dit-il tout haut. Que le diable emporte toutes les femmes barbantes !

Mais il décacheta l'enveloppe parce que, dessus, Mlle Clarvoe avait marqué : « *Confidentiel et Très Important.* »

… Surtout, ne pensez pas que j'exagère. Je vous ai exactement répété la teneur de la conversation téléphonique en question ainsi que l'interrogatoire auquel j'ai soumis la standardiste, June Sullivan. Vous pouvez imaginer l'état dans lequel je me trouve. Je n'ai jamais fait de mal à personne, du moins intentionnellement, et je suis sincèrement surprise et choquée que quelqu'un me porte une telle rancune…

Après avoir lu la lettre en entier, Blackshear appela Mlle Clarvoe à son hôtel, plus par curiosité que par désir de l'aider. Elle n'était pas le genre de femme à accepter l'aide de qui que ce soit, elle n'existait que par et pour elle-même, et s'était volontairement retranchée du monde derrière son mur d'argent et les barreaux de fer de son égoïsme.

— Mademoiselle Clarvoe ?

— Oui.

— Paul Blackshear à l'appareil.

— Oh… !

C'était presque un cri de soulagement.

— J'ai reçu votre lettre il y a quelques instants.

— Je vous remercie de m'avoir téléphoné.

Il sentait de la réticence dans sa voix.

— Vous m'avez demandé conseil, mademoiselle Clarvoe.

— Oui.

— Je n'ai guère d'expérience pour cette sorte de choses, mais à mon avis vous ne devriez pas hésiter à…

— Non, l'interrompit Helen. Ne dites rien.

— Mais vous me demandez…

— Quelqu'un peut épier notre conversation.

— Je vous téléphone de chez moi.

— Oui, mais n'oubliez pas que je suis à l'hôtel, moi.

Elle doit avoir peur de la standardiste, June Sullivan, pensa Blackshear. Bien sûr, cette jeune personne pouvait écouter la conversation, si elle n'était pas occupée par ailleurs. Sans doute Mlle Clarvoe l'avait-elle heurtée, blessée, ou à tout le moins avait-elle éveillé sa curiosité…

— Il y a eu du nouveau, poursuivit Mlle Clarvoe, et je ne peux en parler au téléphone.

— Je vois.

— Je sais combien vous êtes occupé, monsieur Blackshear, et je suis désolée de vous imposer ce dérangement, mais je ne vois pas d'autre issue.

— Très bien, je ferai ce que vous me demanderez…

Après tout, elle avait beau être riche et sans cœur, elle n'en était pas moins une femme en plein désarroi qui, maladroitement et malgré sa réticence, demandait de l'aide. Blackshear fit la grimace en s'imaginant dans le rôle du sauveteur tout aussi réticent, un chevalier fatigué, indifférent et chauve, en costume de tweed de chez Harris.

— Si vous pouviez passer à mon hôtel, nous aurions un entretien… privé.

— Il vaudrait peut-être mieux que vous veniez chez moi.

— Je… Je n'ose pas. J'ai peur de sortir.

— Alors, je viendrai. À quelle heure désirez-vous me voir ?

— Le plus tôt possible.

— Bien, à tout à l'heure.

— Merci, monsieur Blackshear. Merci infiniment. Je ne puis vous exprimer à quel point...

— Alors ne dites rien. Au revoir, mademoiselle Clarvoe.

Il raccrocha vivement. Il n'aimait pas la voix de Mlle Clarvoe. Ses « merci » répétés le faisaient songer à des pièces de monnaie tombant dans la cagnotte d'une machine à sous. Le jackpot des émotions de Mlle Clarvoe — *merci beaucoup*.

Femme ingrate, se dit Blackshear, avare d'elle-même, ne dépensant que le nécessaire pour rester en vie.

Bien que leurs relations épistolaires soient fréquentes, il ne l'avait pas vue depuis les obsèques de son père, c'est-à-dire depuis plus d'un an. Mais il se souvenait de la scène comme si c'était hier. Pâle, les yeux secs, Helen s'était tenue à l'écart des autres, au bord de la tombe. Par moments, elle lançait des regards de mépris à sa mère, Verna Clarvoe, appuyée au bras de son fils Douglas. Plus sa mère versait de larmes, plus le dos d'Helen se crispait, ses lèvres se serraient.

Lorsque la dernière pelletée de terre eut été jetée sur le cercueil, il s'était approché d'elle.

— Toutes mes condoléances, Helen.

— Merci.

— Je sais combien vous vous aimiez, votre père et vous.

— Ce n'est pas tout à fait exact.

— Non ?

— *Moi*, je l'aimais beaucoup.

Puis elle était remontée dans la grande Cadillac noire, avec sa mère et son frère. Étrange trio.

Une semaine plus tard, Blackshear recevait une lettre de Mlle Clarvoe lui annonçant qu'elle s'était installée au Monica Hotel et qu'elle le priait de bien vouloir s'occuper de ses affaires.

Le Monica était le dernier endroit où il aurait imaginé une jeune fille comme Helen s'installer. C'était un petit établissement situé en plein centre d'Hollywood, dans le quartier commercial. Ses clients se recrutaient principalement parmi les voyageurs de passage qui y séjournaient une nuit ou deux, les représentants avec leurs échantillons, les jeunes femmes discrètes dont l'adresse était connue de tous les chasseurs d'hôtels et, enfin, les touristes qui venaient à Hollywood pour visiter les studios — autant de gens que Mlle Clarvoe aurait dû éviter comme la peste. Pourtant, elle avait choisi de vivre au milieu de cette faune qu'elle méprisait et haïssait.

Blackshear arrêta sa voiture et traversa le boulevard. Le réceptionniste du Monica – G.O. Horner, indiquait son badge – était un homme mince, d'une soixantaine d'années, dont les yeux proéminents suggéraient une intense sollicitude et une grande curiosité. Ce n'était qu'une façade. Après trente ans de métier, les gens n'étaient pour lui pas plus que des abeilles isolées devant un apiculteur. Leurs différences se perdaient dans un fatras de statistiques, éradiquées par la loi du plus grand nombre. Ils allaient et venaient ; mangeaient, buvaient, étaient heureux, tristes, minces, gros ;

volaient des serviettes et oubliaient leurs brosses à dents, livres, gaines, bijoux ; laissaient des brûlures de cigarette sur les meubles, glissaient dans la baignoire, sautaient par la fenêtre. Tous semblables, ils grouillaient autour de la ruche de M. Horner, protégé par un filet d'indifférence sur la tête et les épaules.

La seule chose qui comptait était le paiement rapide de leur note d'hôtel. Blackshear lui fit une excellente impression, il sourit.

— Vous désirez, monsieur ?

— J'ai rendez-vous avec Mlle Clarvoe.

— Votre nom, je vous prie, monsieur.

— Paul Blackshear.

— Un instant, monsieur.

Horner s'approcha du standard d'un pas feutré et parla tout bas à la standardiste, qui tourna la tête et jeta un coup d'œil intrigué à Blackshear. Celui-ci se demanda si c'était bien là June Sullivan, celle à qui Mlle Clarvoe avait fait allusion. Il lui rendit son regard. C'était une blonde émaciée, aux mains tremblantes, au visage pâle et tendu, comme si la sangsue noire de ses écouteurs avait déjà pompé trop de sang. La jeune fille bâilla trois ou quatre fois, rendant ses yeux rougis et larmoyants. Il était impossible de deviner son âge. Elle aurait pu avoir la vingtaine mal nourrie ou une quarantaine sous-développée.

Horner revint, les doigts pincés sur le revers de son costume noir, et déclara :

— Je suis navré, monsieur, mais elle n'a laissé aucun message et son appartement ne répond pas.

— Je sais qu'elle m'attend.

— Oh ! certainement, monsieur, je n'avais nullement l'intention… D'ailleurs, il arrive souvent que Mlle Clarvoe n'entende pas. Elle met des bouchons d'oreilles, comme beaucoup de clients. Il y a énormément de bruit ici.

— Quel est le numéro de son appartement ?

— C'est le 425.

— Je vais monter.

— Certainement, monsieur. Les ascenseurs sont là, à votre droite.

Tandis qu'il attendait l'un d'eux, M. Blackshear jeta un coup d'œil au bureau et vit que Horner l'observait ; il avait un instant levé son voile d'indifférence et lorgnait comme une vieille femme derrière un rideau de dentelle.

Blackshear disparut dans l'ascenseur et Horner rabaissa son filet, laissant le rideau de dentelle tomber sur ses pensées. *Ce costume a bien dû coûter cent cinquante dollars… Ces escrocs font toujours bonne figure… Je me demande comment il va s'y prendre avec elle… et pour combien…*

Mlle Clarvoe devait attendre derrière la porte car le battant s'ouvrit dès que le notaire eut frappé.

— Entrez, entrez vite, fit-elle.

Elle referma la porte et esquissa même le geste de pousser le verrou. Ils se regardèrent un instant, sans rien dire, puis Mlle Clarvoe tendit la main, et Blackshear la serra.

Sa peau le fit songer à du vieux parchemin et il se demanda si elle n'avait eu ce geste que pour lui être agréable, car un contact de peau à peau devait la remplir de dégoût. Sans compter qu'en ce jour assez doux de novembre, il avait la main moite. Il s'attendit même à ce qu'elle s'essuie la main, mais elle était trop bien élevée pour cela. D'un geste, elle lui indiqua un fauteuil, cependant que deux plaques rouges apparaissaient sur ses pommettes.

— Je suis vraiment désolée de vous avoir dérangé, monsieur Blackshear.

— Mais pas du tout.

Il s'assit. Le fauteuil était confortable. Pendant que Mlle Clarvoe s'installait sur un autre siège, il parcourut la pièce du regard. Méticuleusement propre, mais donnant une impression de pauvreté, de manque de confort. Il se rappelait la maison des Clarvoe à Beverly Hills, avec son immense salon, le tapis tissé sur commande pour s'harmoniser avec un motif du Gauguin au-dessus de la cheminée. Et, une fois encore, il se demanda pourquoi Helen Clarvoe avait quitté la magnifique résidence pour venir habiter une petite suite d'un hôtel de deuxième catégorie.

— Vous n'avez pas du tout changé, mentit-il poliment.

Elle le fixa d'un regard franc.

— Pensez-vous me faire un compliment, monsieur Blackshear ?

— C'est la vérité.

— Si c'est la vérité, ce n'est pas un compliment. Parce que j'aurais beaucoup aimé avoir changé.

Que le diable l'emporte ! songea-t-il. Impossible de se montrer gentil avec elle. Elle ne veut même pas accepter un compliment. Elle les prend comme des flèches enflammées qu'elle s'oblige à renvoyer avec une précision vicieuse.

— Comment va votre mère ? demanda-t-il un peu sèchement.

— Très bien, merci, du moins je le crois.

— Et Douglas ?

— Douglas est comme moi, monsieur Blackshear. Lui non plus n'a pas changé. Malheureusement.

Elle se leva et se dirigea vers le secrétaire. Il n'affichait aucune trace des heures qu'elle y avait passées. Ni lettre ou papier visibles, nulle marque d'encre sur le buvard. Mlle Clarvoe ne laissait pas traîner ses affaires. Elle les gardait dans des tiroirs, dans des placards, dans des classeurs en acier. Elle enfermait toute sa vie sous clef : des lettres de Douglas demandant de l'argent ; des relevés de comptes bancaires et des chèques annulés ; des missives de sa mère sentant le gardénia ; des coupures de presse concernant son père ; une invitation à un mariage à moitié déchirée ; un flacon de somnifères ; la photo d'une fillette en tutu, maigre et peu gracieuse ; une laisse et un harnais muni d'une plaque en argent au nom de Dapper ; une liasse de billets maintenus par une pince en or.

Mlle Clarvoe prit la liasse et la tendit à Blackshear.

— Comptez, monsieur Blackshear.

— Pourquoi ? s'étonna-t-il.

— J'ai pu me tromper.

Il s'exécuta.

— Cent quatre-vingt-seize dollars, annonça-t-il enfin.

— Alors, je ne me suis pas trompée.

— Je ne comprends pas.

— On me vole, monsieur Blackshear. Je ne sais si c'est fait systématiquement depuis des semaines, ou si un voleur a pénétré ici récemment. Je sais, en revanche, qu'il devrait y avoir près de mille dollars dans cette liasse.

— Quand avez-vous découvert qu'il vous manquait de l'argent ?

— Ce matin. Je me suis réveillée de bonne heure, il faisait encore noir. J'entendais une dispute à l'étage, entre un homme et une femme. La voix de cette dernière m'a fait penser à celle qui m'a téléphoné – Evelyn Merrick. Ça m'a tellement contrariée que je n'ai pu me rendormir. J'ai commencé à réfléchir et je me suis demandé ce qu'elle espérait obtenir de moi. La seule chose que j'aie, c'est de l'argent.

Elle s'arrêta, comme si elle attendait sa réaction. Blackshear aurait pu lui dire qu'elle se trompait, mais il n'en avait guère envie, tout au moins à ce stade de leur entretien. Car elle n'avait pas que de l'argent, elle avait aussi un amour-propre et un orgueil insensés qu'une fille comme Evelyn Merrick aurait certainement éprouvé du plaisir à blesser.

— Je me suis levée, reprit Mlle Clarvoe, j'ai pris un cachet, puis je me suis recouchée. C'est alors que j'ai fait un cauchemar. J'ai rêvé qu'Evelyn Merrick avait réussi à se procurer une clef de mon appartement et qu'elle y pénétrait avec un culot monstre. Je la vois encore, blonde, assez vulgaire, maquillée comme une fille des rues, s'approchant de ce secrétaire et y prenant de l'argent. Je sais qu'un rêve ne signifie pas grand-chose, monsieur Blackshear, mais celui-là était d'une telle netteté qu'en me levant, je suis allée voir et j'en ai profité pour recompter cette liasse. C'est à ce moment-là que j'ai découvert le larcin.

— Je vois.

— Je vous ai parlé de mon rêve pour que vous compreniez que j'avais une *raison* de recompter mon argent. D'habitude, je ne le fais pas. Je ne suis pas une grippe-sou assise sur son tas d'or.

Mais, à en juger par sa voix, elle était sur la défensive, comme si quelqu'un l'avait effectivement accusée d'être sordidement avare.

— Pourquoi gardez-vous autant d'argent chez vous ? demanda Blackshear.

— Parce que j'en ai besoin.

— Pour quoi faire ?

— Pour... Eh bien, des tas de choses – pourboires, dépenses courantes, vêtements.

Blackshear faillit lui faire remarquer que mille dollars couvraient quantité de pourboires et, qu'en fait d'achats de vêtements, la robe en jersey noir qu'elle portait révélait qu'ils étaient rares et plutôt maigres. Le silence s'étira comme un rouleau de ruban adhésif jusqu'à ce qu'il n'y ait plus d'endroit logique où le couper.

— Et puis, j'aime avoir de l'argent sous la main, finit-elle par dire. Cela me donne un sentiment de sécurité.

— À votre place, c'est plutôt le contraire que je ressentirais.

— Pourquoi ?

— Parce qu'il fait de vous une victime toute désignée.

— Vous pensez qu'Evelyn Merrick n'en veut qu'à mon argent ?

Il se rendit compte, à son intonation, qu'elle n'y croyait pas elle-même.

— Peut-être, répliqua-t-il. Peut-être n'est-ce qu'une tentative d'extorsion. Cette femme a probablement l'intention de vous effrayer, de vous harceler jusqu'à ce que, de guerre lasse, vous lui offriez d'acheter la paix. Il se peut aussi que vous n'entendiez jamais plus parler d'elle.

Mlle Clarvoe frissonna.

— J'ai peur. Depuis hier, je n'ose même pas répondre au téléphone.

— Vous m'avez tout dit, Helen ? *Absolument* tout ?

— Oui. Je ne vous ai rien caché dans ma lettre. J'ai même reproduit la teneur du dialogue, autant que possible. Elle... elle est folle, n'est-ce pas ?

— Disons irresponsable, mais ce n'est qu'une opinion strictement personnelle. Après tout, je suis notaire, pas spécialiste des maladies nerveuses.

— En ce cas, vous n'avez pas de conseil à me donner ?

— À mon avis, le mieux serait que vous partiez en voyage. Prenez des vacances, quittez la ville pour quelque temps. Allez dans une région ou un pays où cette femme ne pourra pas vous retrouver.

— Je n'ai nulle part où aller.

— Vous avez le monde entier, fit Blackshear d'un ton impatient.

— Non, non...

Le monde, c'était bon pour les couples, les amants, les maris et les femmes, les mères et les filles, les pères et les fils. Partout, dans le monde, Mlle Clarvoe ne voyait que des couples. Autrefois, ç'avait été ses parents, maintenant c'était sa mère et Douglas. Elle, elle ne pouvait faire partie d'un de ces couples dont la simple vue lui glaçait le sang dans le cœur.

— Si vous alliez en Angleterre ? suggéra Blackshear. Ou en Suisse ? J'ai entendu dire que Saint-Moritz est très vivant en hiver.

— Que ferais-je là-bas ?

— Qu'y font les autres gens ?

— Je n'en sais rien. Je vis tellement à l'écart des autres.

— Il faut vous replonger parmi eux, Helen.

— Comment peut-on retrouver quelque chose qu'on a perdu, monsieur Blackshear ? Vous, par exemple, avez-vous jamais perdu quelque chose ?

— Oui...

Il pensait à sa femme, à ses souffrances, à ses propres prières : « Oh ! mon Dieu, prenez-moi mes yeux, prenez-moi mes bras, prenez-moi mes jambes. Prenez-moi tout, mais faites que Dorothy vive. »

— Oh ! je suis désolée... dit Mlle Clarvoe. Je ne... J'avais oublié...

Il alluma une cigarette. Ses mains tremblaient soudain de colère, de chagrin et de dégoût pour cette femme pleine de maladresse qui faisait tout de travers, qui ne se souciait de personne et ne donnait rien d'elle-même.

— Vous m'avez demandé conseil, déclara-t-il d'une voix ferme. Très bien. En ce qui concerne l'argent, je vous suggère de déposer une plainte auprès de la police. Que cela vous plaise ou non, c'est votre devoir de citoyenne.

— Devoir ?

Elle répéta le mot lentement, comme si elle en analysait le goût, une saveur âcre du passé : huile de ricin, algèbre, larmes contenues, ongles rongés, stylos qui fuient. Mlle Clarvoe était une connaisseuse. Elle pouvait reconnaître et identifier chaque saveur, quand bien même elle serait moisie par l'âge.

— En ce qui concerne cette femme, poursuivit Blackshear, je vous ai déjà donné mon avis : partez en vacances ! Certaines personnes un peu dérangées prennent un malin plaisir à passer des coups de téléphone anonymes.

— Ce n'était pas un coup de téléphone anonyme. Elle m'a donné son nom...

— Si, puisque vous ne la connaissez pas. Vous êtes sûre, Helen, de n'avoir jamais entendu parler d'elle ?

— Je le pense, mais je ne pourrais le jurer.

— D'habitude, vous rappelez-vous bien les noms, les visages ?

— Oh oui ! (Le cri venait du cœur.) Très bien même !

Blackshear se leva et s'approcha de la fenêtre. Après 17 heures, les gens se pressaient pour rentrer chez eux et la circulation était intense. À croire qu'un ordre d'évacuation générale avait été donné aux habitants d'Hollywood, que seul commandait un agent muni d'un sifflet en fer blanc.

— Vous me demandez des conseils, dit-il sans tourner la tête, mais vous refusez de les suivre.

— Ce que vous me conseillez est impossible, rétorqua-t-elle. Je ne peux quitter Los Angeles pour des raisons personnelles.

Elle se justifia vaguement :

— Ma famille.

— Je vois… Helen, je voudrais bien vous aider, mais je crains de ne pouvoir rien faire.

— Si.

— Quoi ?

— Retrouvez-la.

Il pivota sur ses talons, les sourcils froncés.

— Pour quoi faire ?

— Il le faut, je veux, je *dois* la voir. Je ne peux plus vivre dans cette incertitude.

— L'incertitude est peut-être en vous, Helen. Même si nous la retrouvons, je ne pense pas que cela vous avancera beaucoup.

Elle leva la main, comme si elle voulait le faire taire. Puis cette main retomba et elle ajouta d'une voix étouffée :

— Il se peut que vous ayez raison. Mais nous pouvons quand même essayer.

— Tout ce que nous avons, c'est un simple nom, peut-être inventé de toutes pièces.

— Non. Elle a été plus explicite que ça. Rappelez-vous ce qu'elle a dit. Qu'un de ces jours elle serait célèbre, qu'elle figurerait dans tous les musées du pays. Ça signifie probablement qu'elle pose pour des artistes, qu'elle est modèle.

— Des modèles, on en trouve treize à la douzaine dans cette ville.

— C'est exact, mais c'est quand même un début de piste. N'existe-t-il pas des agences de modèles ?

— Si.

— Vous pourriez commencer par là. Je vous payerai bien entendu. J'ai l'habitude...

— Vous oubliez une chose, Helen.

— Laquelle ?

— Je ne suis pas à louer.

Elle ne dit rien pendant quelques secondes.

— Vous aurais-je involontairement offensé en mentionnant l'argent ? Je vous demande pardon. Quand j'offre de payer ceux à qui je demande un service, je n'ai pas l'intention de les insulter. Si j'ai parlé argent, c'est que c'est tout ce que j'ai à offrir.

— Vous avez une piètre opinion de vous-même, Helen.

— Je n'ai pas toujours été comme ça.

— D'où tenez-vous cette mentalité ?

— L'histoire est trop longue pour être racontée. Et sans intérêt.

— Je vois...

Mais il ne comprenait pas vraiment. Il se souvenait de Clarvoe comme d'un homme grand et mince, aux manières douces, qui était fou de sa femme, Verna. Quels chromosomes errants ou quelles dissensions domestiques avaient produit deux enfants aussi incongrus qu'Helen et Douglas, impossible de le dire. Blackshear n'avait jamais été un intime de la famille, même s'il les connaissait tous depuis qu'Helen était au collège et Douglas scolarisé dans une école militaire. Il n'avait été qu'une fois chez eux. De tout le dîner, Verna Clarvoe n'avait parlé que d'elle, de ses toilettes, de ses sorties, de ses relations. Pas un mot des enfants qui assistaient au repas tels des mannequins de cire. Autant Helen ressemblait à son père, avec ses cheveux courts et ses membres osseux, autant Douglas, frêle et même efféminé, était le portrait craché de sa mère. Peu après la mort de M. Clarvoe, Blackshear avait lu, non sans surprise, que Douglas s'était marié. Il avait été moins étonné d'apprendre, dans un journal, que le mariage avait été annulé quelques semaines plus tard.

— Je devine vos pensées, fit Mlle Clarvoe. Vous estimez que je devrais engager un détective privé.

Il ne la détrompa pas :

— Ce n'est pas une mauvaise idée.

— Connaissez-vous quelqu'un ?

— Non, mais il suffit de consulter les pages jaunes.

— Je n'aurais pas confiance en un inconnu. Je n'ai même pas conf…

Elle s'arrêta, puis son regard acheva sa phrase : « Je n'ai même pas confiance en vous. Ni en ma mère. Ni en Douglas. Ni même en moi. »

— Monsieur Blackshear, je…

Tout à coup son corps tout entier fut secoué de frissons spasmodiques, comme celui d'une femme en couches. Et son visage torturé faisait penser à celui d'une mère persuadée que son rejeton serait un monstre difforme.

— Monsieur Blackshear, je… Oh ! mon Dieu…

Elle cacha son visage dans ses mains. Blackshear éprouvait maintenant une certaine pitié pour elle. Non parce que, enfin, elle pleurait mais parce qu'il lui avait fallu un tel effort pour y arriver. La montagne avait accouché d'une souris.

— Allons, allons, ne pleurez pas, dit-il. Tout s'arrangera, vous verrez. Calmez-vous…

Il savait que c'étaient des paroles creuses, mais elles avaient su répondre au besoin d'attention de sa femme. Les besoins de Mlle Clarvoe étaient plus profonds et plus obscurs. Elle était hors de portée des mots.

Il alluma une cigarette et fit mine de s'intéresser à ce qui se passait dehors. Le ciel était gris, couvert. Il va pleuvoir, pensa-t-il. S'il pleut, je n'irai pas au bureau, demain matin. Peut-être le docteur avait-il raison, je devrais me retirer complètement – mais qu'est ce que je ferais de ma vie et que ferait-elle de moi ?

Il se rendit compte, brusquement, qu'il était aussi mal loti qu'Helen Clarvoe. Ils avaient atteint, tous deux, une étape sur le chemin de l'existence bordée d'un côté par la montagne, de l'autre par une vallée profonde.

— Helen…

Il se tourna et constata qu'elle avait quitté la pièce.

Lorsqu'elle revint, quelques minutes plus tard, elle s'était lavé le visage et recoiffée.

— Je vous demande pardon, monsieur Blackshear. Je n'ai pas l'habitude de me donner en spectacle... (Elle eut un pâle sourire.) Du moins pas un spectacle aussi dégradant.

— Je suis désolé de vous avoir peinée.

— Vous n'y êtes pour rien. C'est le reste... Je suis lâche.

— De qui avez-vous peur ? Du voleur ou de la femme ?

— Je pense que c'est la même personne.

— Peut-être interprétez-vous votre rêve de façon trop littérale.

— Non... (Elle se frotta le front et c'est alors que Blackshear aperçut la petite égratignure, à peine visible.) Pensez-vous qu'une personne puisse en influencer une autre, de sorte qu'elle ait un accident ?

— Ce n'est pas impossible, à mon avis, si la suggestion est assez forte et si la victime en puissance a en elle un complexe d'auto-punition.

— Il est des choses qu'on ne peut expliquer psychologiquement.

— Je suppose, en effet.

— Croyez-vous aux perceptions extrasensorielles ?

— Non.

— Néanmoins, elles existent.

— Peut-être.

— Je sais... je *sens*, très fort même, que cette femme veut me détruire. *J'en suis persuadée.* Appelez ça de l'intuition, si vous voulez.

— Ou de la peur.

Elle lui lança un regard de reproche.

— Vous êtes comme mon père. Rien n'existe pour vous, à moins que vous ne puissiez le voir, le sentir ou le toucher. Mon père, par exemple, ne savait pas distinguer un ton d'un autre. Il n'a jamais compris la signification du mot musique. Et pour lui, les gens qui allaient au concert *prétendaient* entendre quelque chose qui n'existait pas.

— La comparaison n'est pas très heureuse, Helen.

— Peut-être plus heureuse que vous ne le pensez. Mais, monsieur Blackshear, je ne veux pas vous retenir davantage. Je vous suis vraiment reconnaissante de m'avoir consacré un peu de votre temps. Je sais que vous êtes très occupé...

— Plus maintenant. J'ai virtuellement pris ma retraite.

— Ah ! je l'ignorais. Eh bien, j'espère que vous saurez profiter de votre temps libre.

— Je ferai de mon mieux...

Que vais-je faire ? se demanda-t-il à nouveau. Collectionner des timbres, tailler des rosiers, enchaîner les séances de cinéma, me griller au soleil, et quand je me sentirai trop seul, aller au parc pour parler aux vieux qui se reposent sur les bancs.

— Mais ce ne sera pas facile, reprit-il. Je n'ai jamais eu beaucoup de temps libre, il faudra que je m'entraîne.

— Oui, dit doucement Mlle Clarvoe. Je le crains, en effet.

Elle alla ouvrir la porte. Blackshear la suivit, presque machinalement. Ils se serrèrent de nouveau la main, puis il demanda :

— Vous n'oublierez pas de signaler le vol à la police ?

— Je ne l'oublierai pas, monsieur Blackshear, pour la bonne raison que je ne le ferai pas.

— Mais pourquoi ?

— Parce que l'argent, en tant que tel, n'a pas d'importance pour moi. Pour en gagner, je me contente de rester ici, à lire, à écrire ou à ne rien faire. Chaque fois qu'une minute s'écoule, ma fortune augmente. Alors, qu'est-ce que huit cents dollars pour moi ?

— D'accord pour l'argent, mais Evelyn Merrick, c'est une autre affaire. La police pourrait vous la retrouver.

— Peut-être, à condition qu'elle se donne la peine de la chercher.

Elle a raison, pensa Blackshear. Seul le vol intéresserait la police, mais comme il n'y avait pas de preuves qu'Evelyn Merrick soit la voleuse, le dossier serait rapidement classé. Et des plaintes pour ce type de coups de téléphone sont reçues quotidiennement. Par douzaines. Comme Evelyn Merrick n'avait proféré aucune menace, qu'elle ne s'était livrée à aucune voie de fait, que pouvait-on faire ? Rien. Décidément, il faudrait que lui, Blackshear, s'occupe de la question.

L'idée faisait son chemin : pourquoi ne s'en occuperait-il pas, au fond ? Il ne s'agissait pas d'enquêter sur un délit grave qui requérait de l'expérience. Simplement de retrouver une femme. Il suffisait d'un peu d'intelligence et de persévérance, d'un peu de chance aussi, probablement. En tout cas, c'était plus intéressant que de collectionner des timbres ou de tailler des rosiers.

Il sentit l'excitation monter en lui, suivie de l'idée soudaine et irrationnelle que Mlle Clarvoe avait peut-être tout manigancé, qu'elle l'avait en quelque sorte piégé ou contraint par sa volonté à ce revirement. Celle-ci le regardait en souriant.

— Je vois que vous avez changé d'avis, dit-elle avec une espèce de triomphe dans la voix.

3

Le lendemain après-midi, après avoir passé la matinée à donner des coups de téléphone, Blackshear franchit le seuil d'une entreprise inscrite à l'annuaire de Los Angeles sous le nom d'« École de charme et de pose Lydia Hudson ». C'était un de ces établissements comme on en trouve des douzaines dans la capitale du cinéma, ne se distinguant que par leur nom, leur emplacement et leur degré de mépris des lois de la probabilité : *Nous ferons de vous une nouvelle personne... Des centaines d'emplois de vedettes attendent nos anciennes élèves... Nous vous garantissons l'amélioration de votre personnalité, de votre maintien, de vos bonnes manières... Nous transformons votre physique comme votre moral... Entrez et vous en sortirez transfigurée.*

Mlle Hudson accomplissait tous ces miracles au second étage d'un immeuble de bureaux de Vine Street. La salle d'attente était un mélange stylisé de verre, de fer forgé et de timides jeunes femmes à divers degrés de charme. Deux d'entre elles avaient l'air d'être diplômées ; elles transportaient leur matériel professionnel dans des boîtes à chapeau et arboraient cette expression, mi-désabusée, mi-alerte, de voyageurs ayant attendu le train trop longtemps et scrutant les voies à la recherche d'un wagon de secours.

À peine eurent-elles aperçu Blackshear que, le prenant au moins pour un producteur, elles se lancèrent dans une conversation de circonstance.

— Tu te souviens de Judy Hall ? Tu sais qu'elle est enfin fiancée !

— Non ! Comment s'y est-elle prise… ?

— Je l'ignore, encore qu'on puisse s'en douter… Je veux dire, ses méthodes sont assez brutales, n'est-ce pas ?

— Il faut bien. Elle s'est terriblement laissée aller l'année dernière. As-tu remarqué son teint ? Et son maintien ?

— Ce n'est pas tant son maintien qui est mauvais. C'est sa silhouette.

— Je parie que Mlle Hudson pourrait faire des merveilles…

Entrez et vous en sortirez transfigurée.

Blackshear ne leur prêta qu'une oreille distraite et s'approcha de la réceptionniste. Les deux voyageuses se turent, le train, une nouvelle fois, venait de passer sans s'arrêter.

— J'ai rendez-vous avec Mlle Hudson, déclara-t-il, je m'appelle Blackshear.

— Mlle Hudson donne actuellement son cours de conversation. Voulez-vous patienter un instant, monsieur Blackshear ?

— Voudriez-vous la prévenir, s'il vous plaît ?

La réceptionniste hésita un instant, puis se leva et, d'une démarche digne des traditions de la maison, disparut derrière une porte vitrée. Une minute plus tard, une femme de petite taille, aux cheveux d'un roux agressif, les lèvres peintes en orange, entra par la même porte. Elle se déplaçait avec aisance, tête droite, épaules légèrement en arrière, prête à se voir défiée par un vent violent ou un client mécontent.

— Je suis Lydia Hudson, dit-elle à Blackshear, d'une voix incongrûment douce et agréable. Excusez-moi de vous avoir fait attendre.

— J'arrive à peine, mademoiselle Hudson.

— J'ai été assez surprise de recevoir votre coup de fil. Vous m'avez semblé mystérieux… J'espère que vous n'êtes pas de la police.

— Non.

— Avocat, peut-être ? Et la petite Merrick une héritière retrouvée. Voilà qui serait drôle ?

— En effet.

— Mais ce n'est pas le cas, n'est-ce pas ?

— Non.

— Ce n'est jamais le cas…

Mlle Hudson jeta un coup d'œil aux deux jeunes femmes qui faisaient semblant de ne pas écouter.

— Votre tour va bientôt venir, les filles.

L'une d'elles se leva.

— Mais mademoiselle Hudson, vous nous avez dit de venir à 14 heures et…

— Patience, Stella. De la patience et de la discipline, telles sont les deux principales vertus d'une femme qui se destine à la scène ou à l'écran.

— Mais…

— S'impatienter, s'énerver, rien de pire pour abîmer le teint. Et tu es *diplômée* maintenant, Stella, tu ne peux plus te conduire comme une débutante.

Mlle Hudson se tourna vers Blackshear.

— Venez dans mon bureau. Pas moyen de parler tranquillement devant ces deux péronnelles.

Une partie de la pièce avait été transformée en lieu de travail. Deux des murs étaient occupés par d'immenses glaces en pied, des projecteurs étaient installés par terre, d'autres fixés au plafond, prêts à illuminer d'une lumière crue des candidates-vedettes.

— Je commence par dire à mes élèves de se regarder dans ces glaces, expliqua Mlle Hudson, puis je leur demande de trouver elles-mêmes leurs défauts. Comme ça, on ne leur donne pas de complexes et ça crée tout de suite une relation plus agréable. C'est également plus propice aux affaires... Asseyez-vous donc, monsieur Blackshear.

— Qu'entendez-vous par « plus propice aux affaires » ?

— Si on les laisse faire elles-mêmes, elles se montrent en général plus sévères que je ne me le permettrais. Il est arrivé des cas où je n'avais vraiment rien à reprocher à une très jolie fille. Elle, en revanche, se trouvait de petits défauts, par excès d'exigence, sans doute. Alors, elle s'inscrivait chez nous. Avec des résultats garantis, naturellement. Cigarette ?

— Non, merci.

— Et maintenant, vous en savez autant que moi sur mon école. Pour autant que tout cela vous intéresse, bien sûr.

— Mais tout à fait.

— J'éprouve parfois du dégoût à exercer ce métier, mais il faut bien vivre, et j'ai trois enfants à élever. La plus jeune a quatorze ans. Quand elle aura terminé ses études ou qu'elle se sera mariée, je fermerai cette boîte et prendrai ma retraite. Après quoi, je passerai le reste de mon existence en robe de chambre, avec des mules aux pieds, sans jamais ouvrir un pot de crème pour le visage. Et tous les matins je m'examinerai dans la glace, gloussant à la vue d'une nouvelle ride ou d'un cheveu blanc. (Elle fit une pause.) Mais ne faites pas attention, monsieur Blackshear, je plaisante. Enfin, j'imagine. De toute façon, vous n'êtes pas venu pour entendre mes doléances. Que voulez-vous savoir au sujet de cette Evelyn Merrick ?

— Tout ce que vous pourrez m'apprendre.

— Ce ne sera pas grand-chose, je crains. Je ne l'ai vue qu'une fois, et ça se passait la semaine dernière. Elle avait lu mon annonce dans le *News*, offrant une consultation gratuite pour une durée limitée. Elle est venue et s'est assise dans le fauteuil que vous occupez. Une brune maigrichonne très mal habillée et maquillée comme une grue. Rien à en tirer, d'un point de vue professionnel. Sans parler de ses cheveux, on aurait dit la version hirsute de la coupe d'un homme gominé... J'espère que ce n'est pas une amie à vous, monsieur Blackshear ?

— Je ne l'ai jamais vue.

— En ce cas, pourquoi voulez-vous la retrouver ?
Blackshear sourit.

— Supposons que ce soit effectivement une riche héritière... Et vous lui avez donné une consultation gratuite ?

— Bien entendu. J'ai fait de mon mieux pour la mettre à l'aise, l'appelant par son prénom, essayant de me montrer compréhensive. Puis je lui ai dit de se lever, de marcher un peu, de se regarder dans une glace et de me dire ce qui, à son avis, avait besoin d'être corrigé. D'habitude, à ce stade, les filles sont embarrassées. La plupart se mettent à rire bêtement, disent des sottises. Celle-là était différente.

— Qu'entendez-vous par là ?

— Eh bien, elle s'est approchée de la glace, sans rien dire, s'est longuement contemplée. On aurait dit qu'elle était fascinée, éblouie. Finalement, c'est moi qui ai commencé à ressentir une certaine gêne...

— Marchez, Evelyn...

La jeune fille ne bougea pas.

— Êtes-vous satisfaite de votre attitude ? De votre teint ? De votre maquillage ?

Elle ne répondit pas.

— Il est dans nos habitudes de laisser nos futures élèves s'analyser elles-mêmes. Nous ne pouvons corriger les fautes dont elles nient l'existence. Regardez-vous bien dans la glace et dites-moi franchement votre opinion.

Evelyn cligna des yeux et pivota sur ses talons.

— La glace est déformée et les lumières sont mauvaises, dit-elle.

— Elles ne sont pas mauvaises, protesta Mlle Hudson. Elles sont réalistes… Nous devons voir la réalité en face pour pouvoir la corriger.

— Puisque vous le dites, mademoiselle Hudson…

— C'est ce que je dis en effet. Quel âge avez-vous, Evelyn ?

— Vingt et un ans.

Elle doit me prendre pour une imbécile, songea Mlle Hudson qui reprit :

— Et vous voulez devenir modèle ?

— Oui.

— Dans quelle branche ?

— Je veux poser pour des artistes. Des peintres.

— Il n'y a pas beaucoup de demande dans ce métier.

— J'ai une belle poitrine et je ne m'enrhume pas facilement.

— Ma chère petite, déclara Mlle Hudson d'un ton ironique, vous êtes d'une naïveté désarmante. Et que savez-vous faire d'autre en dehors de ne pas vous enrhumer facilement ?

— Vous vous moquez de moi. Vous ne me comprenez simplement pas.

— Je ne comprends pas quoi ?

— Je veux devenir immortelle.

Mlle Hudson avala sa salive et ne trouva rien à répondre.

— Je ne vois pas d'autre moyen de le devenir, poursuivit Evelyn. C'est en lisant votre annonce que j'ai

songé à cela. Si un grand peintre, un artiste célèbre, me peint, alors je serai immortelle. Vous voyez bien que mon projet est tout à fait sensé.

Mlle Hudson ne se préoccupait pas d'immortalité, elle n'avait pas le temps de s'en soucier, les lendemains étaient déjà assez difficiles.

— Pourquoi une jeune fille comme vous songerait-elle à la mort ? Vous avez encore de longues années à vivre.

— J'ai une ennemie.

— Qui n'en a pas ?

— Oh ! la mienne est une vraie, expliqua Evelyn avec conviction. Je l'ai vue. Dans ma boule de cristal.

Mlle Hudson étudia la robe de rayonne bon marché, tachée sous les aisselles.

— Est-ce ainsi que vous gagnez votre vie ? En prédisant l'avenir ?

— Non.

— Quelle est votre profession ?

— Pour l'instant, je suis au chômage, mais je peux me procurer de l'argent si j'en ai besoin. Assez pour payer vos cours.

— Vous comprenez certainement que nous avons une liste d'attente, mentit Mlle Hudson.

— Oh ! et moi qui pensais que…

— Je vais vous inscrire sur la liste, et dès que ce sera possible…

Et nous en resterons là, pensa Mlle Hudson. Je ne veux en rien me trouver mêlée à votre immortalité. Pas plus qu'à votre boule de cristal.

— Comment s'écrit votre nom de famille ?

— M-E-R-R-I-C-K.

— « Evelyn Merrick. Âge : 21 ans. » Adresse et numéro de téléphone, je vous prie ?

— Eh bien, c'est que... Je quitte mon domicile actuel demain, et je ne sais pas encore où je vais loger.

« Pas d'adresse », inscrivit Mlle Hudson sur son bloc. Tant mieux. Voilà l'excuse parfaite pour ne pas lui donner signe de vie.

— Je vous passerai un coup de fil dès que je serai installée, déclara Evelyn. Alors, vous me direz si vous avez une possibilité pour moi.

— J'aime mieux vous avertir que ça peut demander du temps.

— J'essayerai quand même.

— Oui, fit sèchement Mlle Hudson. De cela, je ne doute pas.

— Puis-je vous téléphoner dans, disons une huitaine de jours ?

— Écoutez-moi, Evelyn. À votre place, je réfléchirais à mon métier...

— Vous n'êtes pas moi Je vous téléphonerai donc dans une semaine...

— La semaine s'est terminée hier, expliqua Mlle Hudson à Blackshear. Elle ne m'a pas appelée. Je me demande si j'en suis contente ou non.

— À votre place, dit Blackshear, je me sentirais heureux.

— Vous avez probablement raison. C'est un numéro, celle-là. Je sais que mes filles ne sont pas des foudres d'intelligence, il n'y en a pas une dont le QI ferait un score décent au basket. Mais elles ne sont pas cinglées à ce point. Vous savez quoi, monsieur Blackshear ?

— Non.

— Je me demande ce qu'elle voyait dans ce miroir, à rester devant, à moitié hypnotisée.

— Elle se voyait elle-même.

— Non. *Moi*, je la voyais. Elle, elle devait voir quelqu'un d'autre. Cela donne la chair de poule, vous ne trouvez pas ?

— Pas vraiment.

— Eh bien, moi, ça me fait peur. J'étais désolée pour elle. Je me suis dit, si c'était un de mes enfants, si quelque chose m'arrivait avant qu'ils ne soient en sécurité et adultes, et qu'ils soient jetés dans… Mais ne parlons pas de choses déprimantes. Du reste, je suis en bonne santé et très prudente au volant. Et puis, j'ai une sœur parfaitement capable de s'occuper des enfants si quelque chose m'arrivait…

Mlle Hudson frappa soudain le fragile bureau du plat de la main.

— C'est tout de même fou, une hurluberlue débarque avec ses idées saugrenues et vous les plante fermement dans le crâne. Bon sang, je m'en veux de l'avoir aidée.

— Ah ! vous l'avez aidée ? De quelle façon, mademoiselle Hudson ?

— À vrai dire, je me demande si je lui ai *vraiment* rendu service. En tout cas, j'ai fait de mon mieux. Je voyais qu'elle était fauchée. Je lui ai donc donné l'adresse d'un homme capable de la faire travailler un peu.

— Quel genre de travail ?

— Modèle, évidemment. C'est un artiste, et un qui a de la valeur. Mais il ne suffit pas d'avoir du talent, il faut vivre. Alors, il enseigne. Et il se sert de modèles vivants, et pas seulement de jolies filles, tous les gabarits l'intéressent. Je me suis dit que je pouvais envoyer Evelyn là-bas. Il aurait pu lui trouver quelque chose d'intéressant, les lobes de ses oreilles ou son gros orteil. Moore s'attache aux détails.

— Moore ?

— Harley Moore. Il a son studio dans Palm Avenue, pas loin de Sunset, près de Santa Monica Boulevard.

— Et Evelyn Merrick, avait-elle déjà posé ?

— Elle m'a dit que oui. Elle a même cité le nom de Jack Terola. C'est un photographe dont la boutique se trouve à dix ou douze blocs d'ici. Je ne sais pas grand-chose à son sujet, sinon qu'il paie bien. Il fait des illustrations photographiques pour des magazines sentimentaux – vous savez, des histoires où l'on voit une femme regarder, horrifiée, son mari embrasser sa secrétaire, où la jeune institutrice se fait accoster dans une rue sombre par un individu à l'air douteux. Ma cadette lit tous ces magazines, cela a le don de m'exaspérer. Des publications comme ça faussent les idées de la jeunesse. Les filles s'imaginent qu'elles n'ont qu'à faire du charme auprès du patron pour se faire épouser.

— Vous avez raison. Et merci de vos renseignements, mademoiselle Hudson…

Enseigner le charme semblait plus rentable que de l'immortaliser. Mlle Hudson pouvait s'offrir du verre et de l'acajou quand Terola habitait un bâtiment en stuc coincé entre une impasse étroite, dans laquelle deux voitures n'auraient pas pu se croiser de front, et un immeuble d'habitation dont les loyers devaient être modérés, à en juger par sa façade lézardée et son entrée délabrée. Une inscription en lettres d'or à moitié effacées disait, sur la vitre dépolie de la porte :

ATELIER PHOTOGRAPHIQUE
Jack Terola, propr.
Photos d'Art – Modèles – Pin-up – Groupes.
Location de studios et d'ateliers.

Blackshear entra. Malgré les photos accrochées à tous les murs, le studio de Terola ressemblait toujours à ce qu'il était à l'origine, c'est-à-dire le salon de quelqu'un. Il y avait, d'un côté, une cheminée en briques noircies par la fumée et, un peu plus loin, une alcôve masquée par un rideau. Ce dernier n'était qu'à moitié tiré et Blackshear aperçut un vieux fauteuil délabré, et un divan recouvert d'un dessus de lit usé. Cette alcôve lui rappelait son enfance dans le Middle West – toutes les bonnes familles possédaient une véranda, incroyablement chaude en été et glaciale en hiver, qui ne servait qu'au prestige social.

Ici, nulle histoire de prestige, simplement l'expression de la nécessité. Un coin de drap traînait par terre et sa couleur était plus proche du gris que du blanc. Quant à l'oreiller, entièrement découvert, il était taché de gras, preuve que celui qui y dormait abusait de la brillantine.

Il n'y avait personne dans le salon, mais des bruits et des voix parvenaient de derrière une porte, à l'autre bout de la pièce. Blackshear ne pouvait distinguer les paroles, mais le ton en disait long sur la nature de la conversation : quelqu'un donnait des ordres, et quelqu'un d'autre refusait de les exécuter.

Il était sur le point de frapper à cette porte quand il aperçut une pancarte appuyée contre une vieille machine à écrire, sur le bureau de Terola : *Sonnez, svp*.

Blackshear découvrit la sonnette et appuya dessus. Rien ne se produisit. Il sonna à nouveau. Finalement, la porte du fond s'ouvrit et une jeune fille parut sur le seuil, vêtue d'un peignoir en soie imprimé. Elle n'était pas maquillée et son visage était luisant de crème et d'humidité. Ses courts cheveux mouillés gouttaient le long de son cou, et la soie humide lui collait à la peau.

— Qu'est-ce que vous voulez ? s'enquit-elle d'un ton désagréable.

— Parler à M. Terola.

— Il est occupé. Asseyez-vous.

— Merci.

— Je suis censée me noyer, mais Jack ne parvient pas à donner l'illusion du lac Michigan – c'est là que se passe l'action du drame.

Blackshear acquiesça poliment.

— Il ne vaut rien pour photographier les scènes de noyade, poursuivit la jeune fille. Et moi, je préfère rester au sec. J'aurais tout aussi bien pu être poignardée, voilà ce que je dis. Tout ce bazar pour faire croire au lac Michigan. Vous ne voulez pas vous asseoir ?

— Merci, je suis très bien debout.

— C'est comme vous voulez. Vous venez le voir pour affaires ?

— En un sens. Je m'appelle Paul Blackshear.

— Enchantée. Moi, je suis Nola Rath. Bon, je vais y retourner. Vous ne voulez pas un magazine ?

— Non, merci.

— Vous risquez d'attendre un moment. Si Jack réussit la photo, il sera là en un clin d'œil, sinon vous en avez pour un bon bout de temps.

— Je ne suis pas pressé.

— Moi, fit la jeune fille en s'en allant, j'aurais préféré être poignardée. Je préviens Jack que vous êtes là.

Nola Rath. Blackshear répéta le nom plusieurs fois, se demandant quel pouvait être son âge. Probablement dans les vingt-cinq ans. Quelques années de moins qu'Helen Clarvoe, à peine. Malgré cela, une bonne génération les séparait. Dans le cas d'Helen, l'âge n'avait rien à voir avec les années. C'était déjà une femme d'âge mûr, car la jeunesse l'avait toujours fuie. Elle était la victime choisie, non seulement d'Evelyn Merrick, mais de la vie elle-même. Cette pensée le déprima.

Blackshear consulta sa montre. 15 h 10. Dehors, le vent se leva. Le rideau de l'alcôve se gonfla et il sembla à Blackshear qu'il voyait des toiles d'araignée dans la cheminée.

— Vous vouliez me voir ?

Blackshear se tourna, surpris de n'avoir pas entendu la porte s'ouvrir.

— Monsieur Terola ?

— En personne.

— Je m'appelle Blackshear.

Ils se serrèrent la main. Terola avait légèrement dépassé la quarantaine. C'était un homme très mince, grand mais voûté à force de vouloir passer pour plus petit. Il avait des sourcils noirs et broussailleux qui frémissaient d'impatience dès qu'il s'exprimait, comme s'ils cherchaient à contredire la douceur de sa bouche féminine. Deux fines mèches de cheveux gris acier traversaient son crâne chauve tels des rails de chemin de fer.

— Je vous demande pardon, fit Terola.

D'un geste irrité, il alla tirer le rideau de l'alcôve.

— Désolé de vous recevoir au milieu d'un tel foutoir, mais ma secrétaire est alitée. Les oreillons. Les oreillons à son âge ! Je pensais que ça ne touchait que les gosses. Alors, qu'est-ce que je peux faire pour vous, Blackshear ?

— Je crois savoir que vous employez ou avez employé une jeune femme du nom d'Evelyn Merrick ?

— Qu'est-ce qui vous le fait croire ?

— On me l'a dit.

— Qui ça ?

— Mlle Merrick s'est référée à vous comme ancien employeur en sollicitant un autre emploi. Elle a déclaré qu'elle avait travaillé pour vous.

— Travaillé de quelle façon ?

— En qualité de modèle, j'imagine, déclara Blackshear non sans une certaine impatience. C'est bien des photos d'art que vous êtes censé faire, n'est-ce pas ?

— C'est ce que je *fais*.

— Si vous voulez. Vous souvenez-vous de Mlle Merrick ?

— Peut-être bien que oui, peut-être bien que non. Je ne réponds pas à des questions de ce genre, à moins qu'il n'y ait une excellente raison à cela. Pouvez-vous m'en citer une, monsieur Blacksheep ?

— Blackshear.

— Ce n'est pas que je refuse de coopérer, mais j'aime d'abord savoir avec qui je coopère, pourquoi et comment. Quelle est votre occupation ?

— Conseil financier.

— Et alors ?

— Disons que c'est une affaire d'héritage et qu'Evelyn Merrick a des chances de toucher un peu d'argent.

— Ça m'étonnerait. Elle n'a pas une tête à ça.

— Donc vous la connaissez ?

— Elle est venue et m'a sorti un invraisemblable mélodrame de mère mourante. Comme j'ai bon cœur, je l'ai employée pendant deux heures. Que voulez-vous, j'ai un faible pour les mères mourantes, je ne voudrais pas qu'elles changent d'avis et restent en vie, comme la mienne.

— Vous a-t-elle causé des ennuis ?

— Mon cher monsieur, je ne me laisse pas causer d'ennuis par les nanas de cette espèce. Si on ne s'entend pas, je les vire.

— Avez-vous viré Evelyn Merrick ?

— J'ai bien été obligé. Elle se montrait trop curieuse.

— Quand cela s'est-il passé ?

— Je n'en sais rien, il y a peut-être une quinzaine de jours. Quand elles se montrent trop curieuses, je les renvoie. Ce n'est pas que j'aie quelque chose à cacher, mais je n'aime pas les gens qui viennent fourrer leur nez dans mes affaires.

— Qu'a-t-elle fait d'autre, en plus de se montrer curieuse ?

— Ben, elle avait une idée saugrenue. Elle voulait que je la rende immortelle ! Tout d'abord, j'ai cru qu'elle plaisantait et j'ai éclaté de rire, car j'ai le sens de l'humour. Vous ne me croirez peut-être pas, mais elle s'est fâchée tout rouge. À dire vrai, je pense qu'elle perdait un peu la boule.

— Quel genre de travail a-t-elle exactement fait pour vous ?

— Elle a posé.

— Quel genre de pose ?

— Quelle différence ?

— Une grande, je crois. Si elle l'a fait pour un magazine et si la photo a été ou sera publiée, vous consentirez sans doute à m'en céder une épreuve. Si, en revanche, c'est ce qu'on appelle un « nu artistique », je serais étonné que vous acceptiez.

Terola écrasa dans son cendrier le mégot éteint sur lequel il tirait depuis son entrée en scène,

— Je n'ai pas l'habitude de céder mes épreuves, quelles qu'elles soient, répliqua-t-il d'un ton rogue.

— Vous les vendez sous le manteau, alors ?

— Voilà une expression malheureuse, Blackshear. Vous feriez mieux de partir avant que je ne vous la fasse ravaler.

— Je n'aurais jamais pensé que vous soyez aussi susceptible, Terola.

— Mon vieux, je n'aime pas les emmerdeurs de votre espèce. Filez !

— Avec plaisir. Et merci pour les renseignements.

Terola ouvrit la porte en grand.

— Fichez le camp !

Blackshear sortit et rejoignit sa voiture. Pour la première fois depuis trente ans, il avait éprouvé une furieuse envie de frapper un homme. Sa main tremblait encore lorsqu'il tourna la clef de contact. Pendant une seconde, il songea à redescendre et à aller casser la figure à Terola, le tuer au besoin.

Puis, l'homme civilisé reprit le dessus. Au fond, pensa-t-il en embrayant, je suis une brute comme les autres. D'ailleurs, j'ai eu tort de le traiter ainsi, de le provoquer. Je me suis conduit en gamin. Essayons de faire mieux avec Moorc.

4

Bertha Moore avait attendu plus de quinze ans avant de devenir mère. Et, lorsqu'elle donna naissance à une petite fille, Bertha ne crut pas à sa chance. Elle passait ses journées à aller admirer le bébé, à vérifier s'il était bien portant et toujours en vie. Tel un ballon retenu par une simple ficelle, elle semblait suspendue dans l'air. À l'autre bout de la ficelle, inébranlable et immobile, se tenait son mari, Harley.

Elle ne commit pas la faute de se désintéresser de Harley après la naissance de l'enfant. Au contraire, dès ce jour, elle se montra encore plus charmante, plus prévenante, plus compréhensive. Seulement, elle ne le faisait plus par amour, mais uniquement par conviction que, si son mari était heureux, sa fille le serait aussi. Car elle avait lu quelque part qu'un enfant s'épanouit mieux dans un foyer sans soucis.

Ses moments de loisir, Bertha les passait à chanter devant les voisins les mille et une qualités de sa fille ou à téléphoner au pédiatre dès que celle-ci avalait de travers, ou encore à Harley quand elle pleurait sans raison apparente.

Près de vingt ans de mariage lui avaient appris à ne pas déranger Harley au studio, et il avait suffi d'une journée à peine pour qu'elle l'oublie complètement et sans le moindre scrupule. Ces appels « pour le bien du bébé » étaient, en tant que tels, irréprochables et incontestables. Ainsi, le bébé s'épanouit tout à fait inconscient de ses exigences envers ses parents. Bertha appelait sa fille Angie, diminutif d'Ange, ce qui n'avait rien à voir avec les prénoms sous lesquels la petite avait été déclarée à l'état civil, c'est-à-dire Stephanie Caroline.

À 16 heures, Bertha essayait de donner le biberon à Angie qui, ce jour-là, ne manifestait aucun intérêt pour le lait chaud, quand la sonnerie du téléphone emplit tout à coup le petit appartement. Passant habilement Angie d'un bras à l'autre, Bertha alla répondre :

— Allô ?

— Madame Moore ? demanda une voix de femme.

— Elle-même.

— Vous ne me connaissez pas, mais je suis une amie de votre mari.

— Vraiment ? fit Bertha d'un ton distrait.

Les cheveux d'Angie étaient si doux dans son cou, et sa peau chaude de bébé sentait les fleurs et le soleil.

— Je m'appelle Evelyn Merrick. Peut-être votre mari vous a-t-il parlé de moi ?

— C'est possible...

Attirée par la voix de sa mère, Angie parvint à tourner légèrement la tête. Ce faisant, elle esquissa une grimace si drôle que Bertha éclata de rire.

— Êtes-vous seule, madame Moore ?

— Je ne suis jamais seule. Si vous connaissez mon mari, vous savez certainement que nous avons un enfant.

Un court silence suivit, puis la femme déclara :

— Bien sûr que je le sais.

— C'est une petite fille. Elle a eu quatre mois hier.

— Ils sont tellement beaux à cet âge !

— N'est-ce pas ? Mais, de l'avis du médecin, Angie paraît plus. On lui donnerait facilement six mois.

C'était la quasi-vérité. Le pédiatre avait dû reconnaître, sous les multiples incitations de Bertha, qu'Angie était « en avance » et qu'elle « se développait parfaitement ».

— Angie ! Quel prénom charmant !

— Ce n'est qu'un surnom…

Quelle gentille personne, songea Bertha en pensant à son interlocutrice. Elle aime les enfants.

— Puisqu'on parle de noms, reprit-elle, je crains de n'avoir pas très bien compris le vôtre.

— Merrick. Evelyn Merrick.

— Votre nom m'est familier. Je suis presque certaine qu'Harley m'a parlé de vous. La plupart du temps, je suis tellement occupée avec Angie que je n'entends pas très bien ce qu'on dit autour de moi… Arrête, Angie… Non, non, pas toucher… Elle essaie de tirer le fil du téléphone.

— Elle a l'air tout à fait adorable.

— Oh ! oui...

Bertha avait passé si longtemps à admirer les enfants des autres qu'elle estimait naturel que ces derniers en fassent autant pour Angie. Que l'admiration soit sincère ou non, cela n'avait pas d'importance. En écoutant les compliments, Bertha avait l'impression d'entendre quelque musique céleste.

— Et à qui ressemble Angie ? À vous ou à Harley ?

— À moi, je le crains, répliqua Bertha avec un petit rire satisfait. C'est du moins l'avis de tous nos parents et amis.

— Je serais tellement heureuse de la voir. Je suis folle... de bébés.

— Pourquoi ne viendriez-vous pas ?

— Quand ça ?

— Cet après-midi, si vous voulez. Angie ne dort guère pendant la journée. Harley, lui, ne rentrera pas avant 18 heures. Nous pourrions prendre le thé en bavardant et je vous montrerais les photos d'Angie, depuis sa naissance. Seriez-vous artiste, par hasard, mademoiselle Merrick ?

— En un sens.

— Je vous demande ça parce que, d'après Harley, Angie est encore trop petite pour qu'on peigne son portrait. Mais ce n'est pas mon avis. Vous le verrez vous-même. Vous connaissez notre adresse ?

— Oui. Je me réjouis de faire votre connaissance, madame Moore.

Elles se dirent au revoir et Bertha raccrocha, le cœur rempli d'orgueil maternel. Ce n'était pas une femme méfiante – Harley avait des douzaines d'amis des deux sexes – et il ne lui parut nullement étrange qu'Evelyn Merrick ne lui ait pas expliqué l'objet de son coup de fil.

— Une gentille dame, expliqua-t-elle à Angie, va venir te voir tout à l'heure et je voudrais que tu me fasses honneur.

Angie se mit à sucer son pouce.

Après l'avoir changée et lui avoir doucement brossé ses quelques cheveux, Bertha appela Harley à son studio. Ce fut son mari qui répondit, un peu brusquement, comme il le faisait toujours quand on le dérangeait dans son travail...

— Har ? Ce n'est que moi.

— Oh... Quelque chose qui ne va pas avec la petite ?

— Mais non, mais non. Elle se porte comme un charme.

— Écoute-moi, Bertha, je suis très occupé. Il y a un monsieur qui...

— Bon, bon, je ne vais pas te retenir, mon chéri. Je voulais simplement te dire que tu n'as pas besoin de te dépêcher, ce soir. J'aurai de la visite pour le thé. Mlle Merrick va venir voir Angie.

— Qui ça ?

— Une amie à toi. Evelyn Merrick.

— Elle vient te voir ?

— Mais oui. Qu'y a-t-il, Har ? Tu parais chamboulé...

— Quand vient-elle ?

— Tout à l'heure. Nous n'avons pas précisé davantage.

— Écoute-moi bien, Bertha. Ferme la porte à double tour et n'ouvre à personne jusqu'à mon retour. Et toi, ne sors sous aucun prétexte.

— Je ne com...

— Fais ce que je te dis. Nous serons là dans un quart d'heure.

— Que veux-tu dire par « nous » ?

— Le monsieur avec qui je suis recherche justement cette femme. Il dit qu'elle est folle.

— Mais elle m'a paru si gentille au téléphone. Et puis, elle s'intéresse à Angie. Elle voudrait la voir...

Harley avait raccroché.

Pâle, Bertha se précipita vers l'enfant, le prit dans les bras. Comme s'il avait senti l'inquiétude de sa mère, le bébé se mit à pleurer.

— Allons, allons, calme-toi, dit Bertha en berçant Angie. Il ne faut pas avoir peur. Maman est là, tu n'as rien à craindre.

Mais ces paroles rassurantes n'eurent aucun effet sur Angie qui continua de hurler de plus belle.

— Tu sais ce que nous allons faire ? poursuivit Bertha. Nous allons fermer la porte à clef en attendant le retour de papa. Allons, ne pleure plus. Que vont penser les voisins ? Une si gentille petite fille qui pleure si fort ?

Angie dans les bras, Bertha alla verrouiller la porte d'entrée puis tira les rideaux du salon. Après quoi, elle s'assit dans le fauteuil à bascule que lui avait offert Harley et se mit à bercer l'enfant.

L'obscurité et les paroles de sa mère aidant, Angie finit par s'endormir.

— Là, voilà, fit Bertha à mi-voix. Tu vois bien qu'il n'y avait pas de quoi s'en faire. Même si elle est folle, cette demoiselle...

La sonnette retentit. Sans même jeter un coup d'œil à la porte, Bertha alla porter l'enfant dans sa chambre et la déposa doucement dans son berceau. On sonna de nouveau au moment où elle revenait au salon.

Bertha s'immobilisa. Le quartier était calme, on n'entendait ni le bruit des voitures, ni les cris des enfants, ni les recommandations de leurs mères. Comme si, conscients du danger imminent, ils avaient tous déserté cette partie de la ville.

— Madame Moore ? (La voix était douce, mais insistante.) Ouvrez-moi.

Bertha porta sa main droite à la bouche, comme si elle craignait de répondre malgré elle.

— Je me suis hâtée, comme vous voyez, poursuivit la visiteuse à travers la porte. Je meurs d'impatience de voir votre bébé... Ouvrez-moi. Je sais que vous êtes là, madame Moore. Qu'y a-t-il ? Avez-vous peur de moi ? Je ne ferais de mal à personne. Je voulais simplement voir l'enfant d'Harley. Harley et moi, on va peut-être aussi avoir un enfant, bientôt.

Les mots s'infiltrèrent par la fente de la porte telles des gouttes de poison.

— Cela vous choque, madame Moore ? Vous ne savez donc pas ce qui se passe au studio ? Que pensez-vous qu'il s'y passe, une fois que j'ai fini de poser, nue ?

Bertha serra les poings, eut envie de crier : « Taisez-vous ! » Elle ment, pensa-t-elle. Elle est folle. Harley n'aurait jamais... Non, il n'est pas comme ça. Il m'a dit que ses modèles étaient pour lui des morceaux de bois.

— Surtout, poursuivit la visiteuse invisible, ne pensez pas que je sois la seule. Je suis simplement la dernière en date. Après la pose, ça paraît tellement naturel que c'en devient inévitable. Ne me dites pas qu'Harley ne vous en a pas parlé, toutes ces années. Ne vous êtes-vous donc jamais posé la question ? Je devrais vous prêter ma boule de cristal. Si vous pouviez y voir tout cela...

Et elle se mit à le décrire, lentement, avec des détails, comme si elle parlait à une enfant. Et Bertha écoutait, comme une enfant, ne comprenant même pas le sens de certains mots qu'elle entendait. Elle n'avait pas la force de bouger, de s'éloigner hors d'atteinte du venin. Peu à peu, goutte par goutte, celui-ci pénétrait tout son être. Puis, tout à coup, des pas retentirent au coin de la rue, et une voix s'éleva, une voix d'homme qui chantait une vieille chanson populaire. Et à peine l'homme eut il commencé à chanter que Bertha perçut le bruit de talons sur les dalles de l'allée. Se déplaçant machinalement, à la façon d'un automate, elle ouvrit les rideaux qu'elle avait tirés.

Une femme courait sur le trottoir, son manteau battant ses jambes maigres. Elle tourna le coin et disparut.

Bertha se rendit dans la chambre d'Angie. Hébétée, elle contempla la petite endormie, le pouce dans la bouche, en se demandant quel genre d'homme était son père.

— Bertha, chérie, tout va bien ?
— Mais oui...
— Nous nous sommes hâtés autant que possible. Je te présente M. Blackshear. Monsieur Blackshear, ma femme, Bertha.
— Enchantée... (Elle serra la main tendue.) Puis-je vous offrir quelque chose ?
— Avec plaisir, répliqua-t-il.
— Eh bien pour moi aussi. J'allais préparer du thé, mais...
Elle s'arrêta, incapable de continuer, fixant son mari d'un regard incrédule.
— Bertha, fit celui-ci, tu es sûre que tu vas bien ?
— Mais oui...
Pour la première fois, elle voyait Harley sous un jour totalement différent. Avec ses cheveux coupés en brosse, son teint bronzé, ses lunettes à monture d'écaille, il n'avait rien d'un peintre. Peut-être parce qu'il ne peignait plus beaucoup – il avait d'autres préoccupations plus importantes au studio...
Harley lui prépara un whisky à l'eau. Le goût lui parut fade. Elle ne fit qu'y tremper les lèvres puis, par-dessus le bord de son verre, examina Blackshear. Digne, homme du monde, respectable. Mais qu'en savait-elle ? Elle s'était bien trompée sur le compte de son propre mari, alors n'importe quel autre homme...

Sa main trembla et un peu de whisky se répandit sur sa robe. Elle savait que les deux hommes l'avaient remarqué. Ils la contemplaient d'un air étonné, comme s'ils comprenaient que quelque chose n'allait pas, mais qu'ils étaient trop polis pour lui demander des explications.

— Elle est venue, déclara-t-elle d'une voix sans timbre. Elle voulait que je lui ouvre et, comme je ne bougeais pas, elle m'a parlé à travers la porte. Je n'ai pas fait de bruit, mais elle savait que j'étais là, en train de l'écouter... (Elle s'humecta les lèvres et ajouta avec effort.) Ce qu'elle m'a dit, je ne peux pas te le répéter devant un étranger.

— Pourquoi pas ?

— C'est au sujet de vous deux, de vos relations.

— Nos relations ? Mais je ne l'ai vue qu'une fois, et encore... Elle est venue au studio, un jour de la semaine dernière, pour demander du travail, et je l'ai envoyée promener.

— Elle m'a dit qu'elle était un de tes modèles.

— Continue, fit Harley en fronçant les sourcils. Que t'a-t-elle dit d'autre ?

— Qu'elle et toi... Elle a employé des mots affreux... Je ne pourrais les répéter à personne.

Le sang se retira du visage d'Harley.

— Elle a insinué que nous aurions eu des relations sexuelles ? demanda-t-il, le visage fermé.

— Insinué ? *Insinué ?* (Bertha partit d'un rire hystérique.) Si tu l'avais entendue...

— Et tu l'as écoutée, Bertha ?

— Oui.

— Pourquoi ?

— Je ne sais pas. Je n'en avais aucune envie, cette femme me révulsait, mais c'était plus fort que moi.

— Et tu as cru ce qu'elle disait ?

— Non.

Le « non » était faible, sans aucune espèce de conviction, mais Harley l'accepta sans la presser davantage. Il esquissa même un vague sourire et, abattu, se tourna vers Blackshear.

— Est-ce le genre de ragots que colporte Mlle Merrick ? demanda-t-il.

— Cette fois, déclara Blackshear, ce sont plus que des ragots. C'est de la diffamation.

— Il est possible qu'elle soit folle, dit Harley, en tout cas, elle a l'air de bien connaître les faiblesses humaines, le point sensible des gens.

— Oui, en effet…

Blackshear songea à ce qu'Evelyn Merrick avait dit à Helen Clarvoe, à la façon dont elle s'était conduite avec Lydia Hudson. Et maintenant Bertha Moore. Cette Evelyn était douée d'un étonnant sens psychologique. Elle *savait* parler aux gens, elle connaissait leur point faible, elle s'y entendait pour leur faire du mal, pour les démonter, pour les indigner. Mlle Hudson avait une personnalité assez forte pour régler ses problèmes, ceux de Mlle Clarvoe étaient sans doute insolubles, mais Mme Moore avait besoin d'aide, et était tout à fait disposée à l'accepter.

— Evelyn Merrick, poursuivit-il, éprouve du plaisir à faire de la peine aux autres. Aujourd'hui, madame Moore, ç'a été votre tour. Mais il y a eu des précédents.

— Je… je l'ignorais, murmura Bertha.

— C'est pourtant la vérité. Je crois cette fille incapable de s'arrêter maintenant qu'elle a commencé. Dans votre cas, d'ailleurs, elle avait probablement un motif supplémentaire de vous en vouloir. Votre mari m'a dit qu'il était tellement occupé, quand elle est venue au studio, qu'il a été à peine poli avec elle.

Bertha se força à esquisser un sourire.

— Quand Harley le veut, il sait se montrer *très* désagréable, dit-elle.

— Alors, cette Evelyn aura voulu se venger de lui et des siens. De petits incidents comme un accueil un peu brusque prennent des proportions considérables dans l'esprit d'un être déséquilibré.

— Bien entendu, fit Bertha d'une voix ferme, je ne l'ai pas crue un instant. Après tout, Harley et moi avons été heureux pendant près de vingt ans… Je suppose qu'Harley vous a parlé de notre petite fille ?

— Bien sûr.

— Voudriez-vous la voir ?

— Avec le plus grand plaisir, madame Moore.

— Je vais la chercher, déclara-t-elle, devançant son mari qui s'était levé. J'ai quelque chose à lui dire.

Angie dormait toujours. Elle se réveilla dès que sa mère l'eut touchée et émit un grognement de protestation qui se transforma en un bâillement. Bertha se pencha vers son oreille.

— Ton père n'est pas un monstre, dit-elle tout bas. Il ne faut jamais l'oublier. C'est quelqu'un de bien.

Elle prit l'enfant dans ses bras et se dirigea vers le salon d'un pas rapide, comme si elle voulait éloigner les murmures qui résonnaient dans sa mémoire : *Surtout, ne pensez pas que je sois la seule... Je suis simplement la dernière en date... Après la pose, ça paraît tellement naturel que c'en devient inévitable... Vous ne savez donc pas ce qui se passe au studio... !*

Bertha écoutait.

5

— Helen ? C'est toi, ma chérie ?

— Oui.

— C'est ta mère à l'appareil.

— Je sais.

— Tu ne sembles pas très heureuse de m'entendre.

Je fais pourtant de mon mieux, pensa Mlle Clarvoe. La voix de sa mère lui rappelait celle d'un enfant capricieux.

— Parle plus fort, chérie, poursuivit Verna Clarvoe. Helen, Tu es là ?

— Bien sûr.

— J'aime mieux ça. La raison pour laquelle je t'appelle est que je viens de recevoir un coup de fil très mystérieux, de M. Blackshear. Tu te souviens de lui ? C'est l'ami de ton père, le notaire dont la femme est morte d'un cancer.

— Je m'en souviens.

— Il m'a téléphoné tout à l'heure et m'a demandé s'il pouvait me voir ce soir. Si je m'attendais à ça ! Tu ne supposes pas qu'il s'agisse d'une question d'argent ?

— Que veux-tu dire ?

— Et s'il avait trouvé des actions ou des obligations ayant appartenu à ton père ?

— J'en serais fort étonnée.

— Mais ce n'est pas *impossible* ?

— Ma foi…

— Imagine qu'il en ait trouvé dix ou quinze de l'American Telephone & Telegraph au fond d'un tiroir. Tu ne penses pas que ce serait drôle ?

— Très…

Elle ne se donna même pas la peine de dire que son père n'avait jamais possédé d'actions de l'AT&T et, en eût-il acheté qu'elles n'auraient sûrement pas été oubliées au fond d'un tiroir. Sa mère le découvrirait bien par elle-même ; elle avait un placard rempli de rêves brisés, dans lequel il y aurait toujours de la place pour un de plus.

La perspective, même incertaine et problématique, de se procurer un peu d'argent égayait la voix de Verna.

— Il y a des siècles que je t'ai vue, dit-elle.

— Je sais, fit Helen d'une voix morne.

— Ça va, toi ?

— Très bien, merci.

— Est-ce que tu manges bien, au moins ?

C'était une question à laquelle on ne pouvait répondre, car les idées de Verna quant au régime d'une femme variaient d'une semaine à l'autre. Elle-même choisissait sa nourriture en fonction de la mode ou de ce qu'elle croyait être la mode. Elle ne mangeait que pour grossir, maigrir, contrôler son hypoglycémie, avoir un beau teint, prévenir les allergies ou nettoyer son foie. Peu importait le but, seule comptait la cure. Celle-ci lui offrait un sujet de discussion original et digne d'intérêt. Tandis que son foie continuait à travailler à son rythme, Verna passait d'un régime à l'autre, renvoyant les autres femmes qui pouvaient manger n'importe quoi – et qui ne s'en privaient pas – dans le camp des imbéciles.

— Je ne t'entends pas, parle plus fort, Helen.

— Je n'ai rien dit.

— Ah. Dougie et moi déjeunons demain au Vine Street Derby. Ce n'est pas loin de chez toi. Ne voudrais-tu pas te joindre à nous ?

— Je crains que ce ne soit pas possible. Merci quand même.

— Ce ne sera pas un repas comme les autres, Helen. Demain, c'est l'anniversaire de Dougie. Il aura vingt-six ans. Ce que le temps passe vite, mon Dieu ! En outre, nous aurons un ami avec nous, un homme que j'aimerais te présenter... M. Terola, le professeur d'art de Douglas. J'ai entendu dire que c'était un homme fascinant.

— J'ignorais que Douglas s'intéressait toujours à la peinture.

— Non, en effet, maintenant c'est la photo qui l'attire. D'après ton frère, ce métier offre d'immenses possibilités et M. Terola est un spécialiste de la question.

— Vraiment ?

— Fais un effort et viens, ma chérie. Nous serons au Derby à 13 heures précises.

— Je verrai...

Elle savait pourquoi sa mère voulait qu'elle vienne : elle espérait qu'elle apporterait un chèque comme cadeau d'anniversaire pour Douglas.

— Tu m'écoutes toujours, Helen ?

— Oui.

— Ces longs silences me rendent nerveuse. Je ne sais jamais ce que tu *penses*.

Helen grimaça un sourire.

— Tu pourrais me le demander, un jour, dit-elle.

— J'aurais trop peur que tu répondes, fit Verna avec un petit rire. Alors c'est entendu ? On se voit demain ?

— Je ne peux rien te promettre.

— Bien entendu, c'est moi qui t'invite. Et écoute, Helen, ma chérie, mets donc un peu de rouge à lèvres. Et n'oublie pas que c'est l'anniversaire de Dougie. Je suis sûre qu'il apprécierait un petit souvenir.

— J'en suis persuadée.

— À demain, alors.

— Au revoir.

Helen raccrocha. C'était la première fois depuis des mois qu'elle parlait avec sa mère, mais leur relation n'avait changé en rien. Une vive animosité continuait de les séparer comme une épée à double tranchant. Aucune d'elles deux ne pouvait la manier sans se blesser elle-même.

— Cent dollars, dit Verna tout haut. Peut-être deux cents, si on a de la veine. Elle n'oubliera sûrement pas. Et si vraiment M. Blackshear a retrouvé des actions, ça nous permettra de vivre quelque temps.

Verna était réduite à une seule voiture et à une femme de ménage. Sa maison était hypothéquée. Elle avait fait enlever, par la société des téléphones, les appareils qui jadis se trouvaient dans sa chambre ainsi que dans le patio. Elle avait recouvert d'un tapis mexicain bon marché le plancher du salon après avoir vendu celui qui avait été tissé spécialement pour elle. Et elle avait accroché un calendrier à la cuisine pour masquer la lézarde du mur. Elle avait beau faire des économies – ou du moins croyait-elle les faire –, les dépenses augmentaient, et les dettes aussi.

Lorsque les factures s'empilaient, au début de chaque mois, Verna se disait qu'il serait bon que Douglas cherche du travail. Mais ça lui passait, et le reste du temps elle appréciait de l'avoir à la maison. Il était de bonne compagnie et s'occupait du jardin ou des travaux plus lourds, quand il n'étudiait pas. Selon Verna, Douglas était un étudiant né. Bien sûr, il avait été expulsé de l'université pour un incident largement exagéré dans les vestiaires du gymnase. Mais il avait continué de s'instruire par lui-même, s'intéressant à la céramique, à la poésie moderne, aux impressionnistes français, à la culture des avocats et à la clarinette. Seulement, la clarinette lui avait enflé les lèvres, les graines d'avocatiers avaient pourri dans le jardin et personne ne semblait vouloir venir admirer ses œuvres en céramique ni l'écouter lire des poèmes de Dylan Thomas.

Malgré cela, Douglas n'avait rien perdu de sa bonne humeur. Il n'avait même pas reproché au public sa stupidité, ni au pépiniériste de lui avoir vendu de mauvaises graines. Il avait simplement dit à sa mère qu'il avait fait de son mieux et qu'il ne fallait pas espérer plus. Verna le comprenait et elle avait pleuré des heures durant le jour où il avait vendu sa clarinette. En fait, elle en avait été tellement ébranlée que Douglas avait fait venir un médecin. Celui-ci s'était intéressé au jeune homme autant qu'à sa mère.

— Le petit aurait besoin de tonifiants, avait-il dit.

Le « petit » allait avoir vingt-six ans demain.

— Deux cents dollars au moins, répéta Verna. Après tout, c'est son anniversaire et elle est sa sœur.

Elle recouvrit la cage du canari pour la nuit, alla voir à la cuisine si la femme de ménage avait fait son travail, puis gagna le grand salon. Son fils était allongé sur un divan, en train de lire. Il portait une robe de chambre en tissu éponge et était chaussé de mocassins indiens. Ses manches retroussées révélaient des poignets et des avant-bras si frêles qu'on les aurait dits sans os. Il avait des cheveux châtains, comme sa sœur, mais ses yeux changeaient constamment de couleur tels des caméléons. Il avait de toutes petites oreilles sans lobe et portait un fin anneau d'or à l'une d'elles. Cet anneau, presque un fil, avait été l'objet de fréquentes disputes entre la mère et le fils, mais c'était un des rares sujets sur lesquels Douglas n'avait jamais cédé.

En entendant venir sa mère, Douglas posa son livre et se leva. Je l'ai au moins élevé dans le respect des femmes, pensa fièrement Verna.

— Et si tu t'habillais, mon chéri ? dit-elle.

— Pour quoi faire ?

— Je dois recevoir une visite.

— Oui, mais pas moi.

— Je t'en supplie, ne discute pas, sinon tu vas encore me donner une de ces migraines...

Verna disposait d'un bataillon entier de migraines. Elles arrivaient comme une colonie de troupes indigènes ; à peine l'une d'elles était anéantie qu'une autre prenait la relève.

— M. Blackshear vient nous voir, ajouta-t-elle. C'est peut-être pour une question d'argent.

Elle lui parla des actions de l'AT&T. Douglas l'écouta avec un scepticisme poli, tout en tiraillant son anneau d'or. Ce geste finit par irriter Verna.

— Et, pour l'amour du ciel, enlève cette chose ! s'écria-t-elle.

— Pourquoi ?

— Tu as l'air ridicule, avec.

— Je ne suis pas de ton avis. Différent peut-être, mais pas ridicule.

— Pourquoi veux-tu paraître *différent* des autres hommes ?

— Parce que je le suis, ô ! mère chérie.

Il tendit la main et lui caressa doucement la joue. Elle recula.

— Eh bien, il me semble...

— À toi, tout te semble toujours. Pour moi, les choses sont.

— Je te ne comprends pas quand tu parles comme ça, fit Verna d'une voix très ferme, et je n'ai pas l'intention de discuter là-dessus avec toi. Enlève-moi cet anneau !

— Très bien. Inutile de crier…

Douglas serra les lèvres et les veines de ses tempes se gonflèrent. Il était furieux. Il défit et jeta loin de lui l'anneau qui tomba dans le piano ouvert et disparu entre les cordes.

— Voilà !

— Oh ! hurla Verna. Regarde ce que tu as fait !

— J'en ai assez qu'on me donne des ordres.

— Tu as abîmé mon piano. Il va falloir le faire réparer.

— Il n'est pas cassé.

— Bien sûr qu'il l'est !

Verna se précipita vers l'instrument et essaya toutes les touches l'une après l'autre. L'anneau avait dû coincer deux cordes car un *do* et un *ré* faisaient un drôle de petit bruit. Verna se tassa sur elle-même, lèvres pincées.

— Je te demande pardon, dit-il.

— Tu es sincère ?

— Tu sais bien que oui.

— En ce cas, fais-moi plaisir et va t'habiller.

Douglas haussa les épaules, comme s'il savait que sa mère parviendrait à ses fins. Ce qui ne le gênait pas outre mesure, puisqu'il savait parfaitement comment lui faire payer son excès d'autorité.

— Si tu veux, dit-il.

— Et n'oublie pas de mettre une cravate.

— Pourquoi en mettrais-je une ?

— Parce que les autres hommes en portent.

— Pas tous.

— Je me demande ce qui te rend aussi contrariant ce soir.

— C'est plutôt toi qui l'es, ô ! mère chérie. Si tu prenais un cachet ?

Il se dirigea vers la porte, souriant en lui-même tandis qu'il passait devant le piano.

— Douglas.

— Oui ?

Il s'arrêta, tirant sur la ceinture de sa robe de chambre.

— J'ai rencontré Evie et sa mère, cet après-midi.

— Et alors ?

— Evie m'a demandé de tes nouvelles. Elle était vraiment charmante, compte tenu de ce qui s'est passé – l'annulation et le reste.

— Si je la rencontre, je ne me montrerai pas moins charmant.

— C'est une si ravissante jeune fille. Tout le monde disait que vous formiez un couple extraordinaire.

— Ne revenons pas sur le sujet, veux-tu ?

— J'imagine que tu n'as pas très envie de la revoir ? Elle ne m'en a pas parlé, bien sûr, mais j'ai *senti* qu'elle serait contente de te retrouver un jour.

— Tu devrais consulter une boule de cristal, ô ! mère chérie, avant de dire de pareilles énormités.

Douglas parti, Verna fit le tour de la pièce et alluma les lampes. Elle examina, avec autant d'étonnement que la première fois, les étranges céramiques qu'il avait créées, essayant de comprendre ce qu'il avait voulu exprimer. Mais elle ne réussit pas mieux que précédemment. Tout ce que faisait Douglas lui paraissait hermétique, ses céramiques, ses poèmes ou sa musique. C'était comme si Douglas traversait la vie à bord d'une voiture de course, jetant par la fenêtre de temps à autre des morceaux d'argile, des notes de musique et des demi-lignes de poésie qu'il aurait conçus aux feux rouges. Rien n'était jamais achevé, et ce qui passait par la fenêtre se déformait toujours sous la vitesse et le vent.

Verna Clarvoe accueillit Blackshear avec une effusion à laquelle il ne s'attendait pas, qu'il ne comprenait pas et qu'il ne recherchait pas. Elle avait poussé l'amabilité jusqu'à aller au-devant de lui, dans le jardin et, à peine s'étaient-ils serré la main qu'elle s'était lancée dans une longue tirade de flatteries.

— Vous n'avez absolument pas changé, lui dit-elle. Avouez que vous ne pourriez en dire autant en ce qui me concerne.

— Mais si, je pourrais.

Elle rougit de plaisir, prenant cette réponse pour un compliment.

— Vous êtes demeuré le galant homme que j'ai connu, monsieur Blackshear, déclara-t-elle. Venez, je vais vous conduire au grand salon. Depuis la mort de mon mari, nous ne l'occupons quasiment plus. C'est trop vaste pour Douglas et moi, on s'y perdrait. Vous n'ignorez pas, sans doute, qu'Helen ne vit plus avec nous.

— Oui, je sais. En fait, c'est une des raisons de ma visite.

— Vous êtes venu me parler d'Helen ?

— Oui.

— Eh bien, fit-elle avec un petit rire, pour une surprise, c'en est une. Je pensais que vous veniez me rendre visite pour une question d'argent.

— Désolé, si je vous ai donné cette impression.

— Pas une impression, monsieur Blackshear, un espoir. C'était idiot de ma part. Mais venez, nous allons prendre un verre.

Il la suivit au salon, en passant par le hall où régnait déjà l'obscurité. Même si un feu flambait dans la cheminée et qu'il faisait très chaud dans la pièce, Blackshear aurait juré qu'elle tremblait de froid – un moineau affamé conservé dans la glace.

— Asseyez-vous, monsieur Blackshear.

— Merci.

Elle prépara deux highballs tout en parlant d'un ton nerveux.

— Harrison s'occupait toujours des cocktails. C'est drôle comme les gens vous manquent à certains moments. Vous savez cela... Vous voyez cette céramique, au-dessus de la cheminée ? C'est Douglas qui l'a faite. Vous y connaissez-vous en œuvres d'art, monsieur Blackshear ?

— Non, absolument pas.

— Dommage, car j'aurais aimé connaître votre opinion. Ça n'a d'ailleurs plus d'importance.

Douglas s'occupe d'autre chose, maintenant. De photo. Il va tous les jours à Hollywood, pour suivre des cours. Vous savez que la véritable photographie ne consiste pas à prendre simplement des clichés.

Blackshear ouvrit de grands yeux.

— Ah oui ? fit-il.

— Il faut étudier la composition, l'éclairage, les filtres et des tas de choses de ce genre. Dougie est fou de photo. C'est un éternel étudiant.

Elle vint lui apporter son verre, puis s'installa sur le divan, à côté de lui.

— À quoi allons-nous boire, monsieur Blackshear ?

— Aucune importance.

— Très bien. Buvons alors aux choses sans importance !

Blackshear trempa ses lèvres dans le highball. Il se sentait mal à l'aise devant cette femme qu'il ne connaissait, en réalité, pas vraiment. Il l'avait vue autrefois dans le rôle attendu, pensait-elle, de la charmante et frivole épouse d'un homme qui avait les moyens de l'entretenir. Elle était encore sur scène, son texte à présent oublié, sans décor ni accessoires, alors que le public était parti depuis longtemps. Soudain, elle lui dit :

— Ne me fixez pas ainsi !

— Je vous fixais ? Je m'en excuse. Loin de moi…

— Je sais que j'ai changé. Cette année a été terrible. Si Harrison avait pu prévoir… Pensez-vous que les morts puissent voir du Ciel ce qui se passe sur Terre ?

— Ce n'est pas tout à fait l'idée que je me fais de l'au-delà, répliqua sèchement Blackshear.

— Ni moi, à vrai dire. Mais, en un sens, je voudrais qu'Harrison *voie* comment nous vivons. Je veux dire qu'il doit se sentir heureux, là-haut. Pas de difficultés, pas de problèmes. Il n'a à se soucier de rien. Tandis que moi... Je suis... comment dit-on ? Une relique ? C'est ça, une relique. (Elle buvait son highball avec des petits bruits de succion, comme un enfant assoiffé.) Ça vous ennuie, peut-être, que je vous parle de mes ennuis ?

— Non, pas le moins du monde.

— Monsieur Blackshear, vous êtes toujours tellement poli... Dites-moi, ça ne vous lasse pas de vous montrer poli avec tous les gens que vous voyez ?

— Ça dépend des jours.

— Alors, soyez grossier. Je serais ravie que vous soyez grossier avec moi. (Elle vida son verre d'un trait.) Je *veux* que vous soyez grossier !

— Très bien, fit Blackshear d'un ton parfaitement calme. Si vous le désirez... À mon avis, madame Clarvoe, vous devriez arrêter de boire. Vous ne tenez pas l'alcool.

— Ah ! Vous ne pouvez pas vous en empêcher, vous êtes un homme du monde. Vous êtes né comme ça. Douglas, lui, est né étudiant. Il étudiera encore sur son lit de mort. Maintenant, il apprend la photo. Vous l'ai-je déjà dit ?

— Vous pouvez me le répéter, si vous voulez.

— M. Terola est son professeur. C'est un homme très intéressant, mais ce n'est pas un homme du monde. Au fond, on ne peut être les deux. Tragique, vous ne pensez pas ? Continuez, monsieur Blackshear. Continuez d'être grossier, ça me changera. Donc, je ne tiens pas l'alcool. Ensuite ?

— Je suis venu pour vous parler d'Helen, madame Clarvoe, pas de vous.

Verna rougit.

— C'est grossier, en effet. Très bien. Parlez-moi d'Helen, puisque vous êtes là pour ça.

— Comme vous le savez, depuis un an je m'occupe de ses intérêts, de ses investissements.

— Je l'ignorais. Helen n'a pas l'habitude de me faire des confidences, surtout en ce qui concerne les questions d'argent.

— Hier, elle m'a prié de faire autre chose pour elle. De me transformer en enquêteur, en détective privé. Une femme lui a téléphoné et lui a tenu des propos obscènes et menaçants. Helen n'est pas sa seule victime. D'après ce que j'ai appris aujourd'hui, cette femme est dangereuse.

— Que voulez-vous que j'y fasse ? Helen est assez grande pour prendre soin d'elle-même. Et puis, la police n'est-elle pas là pour s'occuper de ce genre d'affaires ?

— Je suis allé au commissariat. Le sergent que j'ai vu m'a déclaré qu'il recevait des douzaines de plaintes similaires tous les jours, rien que dans son secteur.

Les effets du highball commençaient à s'estomper. Verna battit des paupières, les mains nerveuses.

— Je ne vois pas ce que *moi*, je pourrais faire, dit-elle.

— Ce serait une bonne idée si vous l'invitiez à venir s'installer ici pour passer quelque temps avec vous.

— Ici, dans *ma* maison ?

— Je sais que vos relations sont tendues mais…

— Il n'y a pas de mais, monsieur Blackshear. Après qu'elle eut quitté cette maison, j'ai dit à Helen qu'elle n'y remettrait plus les pieds. Elle a tenu des propos inadmissibles sur mon compte et sur celui de son frère. Des propos que je n'oublierai jamais. Elle doit perdre la tête si elle s'imagine que j'accepterais qu'elle revienne ici.

— L'idée n'est pas d'elle, mais de moi.

— J'aurais dû m'en douter. Même mourante, Helen ne demanderait de service à personne.

— Il y a des tempéraments comme ça. En attendant, votre fille vit dans la crainte et dans l'insécurité.

— Avec tout l'argent qu'elle a ? (Verna éclata de rire.) Si j'avais sa fortune, le diable lui-même ne me ferait pas peur !

— N'en soyez pas si sûre.

Elle se releva d'un air de défi et alla se préparer un autre coktail. L'odeur même du whisky agit sur elle avant qu'elle ait fini de verser le soda.

— Madame Clarvoe, fit Blackshear, pensez-vous qu'il soit raisonnable…

— Ce n'est pas raisonnable et je le sais. Mais ça m'est égal. Après tout, je ne suis qu'une sotte et une ignorante. On me l'a souvent dit.

— Qui vous l'a dit ?

— Des tas de gens. Harrison, Dougie, Helen et bien d'autres. C'est drôle que les gens vous reprochent d'être stupide et bornée mais qu'ils ne vous indiquent jamais comment faire pour vous corriger... (Elle leva son verre.) Aux têtes de linotte !

— Madame Clarvoe, est-ce que vous faites ça tous les soirs ?

— Je fais quoi ?

— Est-ce que vous buvez souvent ?

— Je n'ai pas bu d'alcool depuis des mois. Comme vous l'avez si bien dit, je ne tiens pas le coup. Alors, je n'essaie même pas. Mais ce soir, c'est différent. Ce soir, c'est la fin de quelque chose.

Elle revint vers lui, son verre tremblant dans sa main et faisant cliqueter les glaçons, et reprit :

— Non qu'il se soit passé quoi que ce soit d'important ou de calamiteux. La journée a été comme les autres, à quelques détails près. Des factures sont arrivées, la femme de ménage s'est montrée insolente parce que je n'ai pas encore trouvé de quoi lui payer sa semaine. Ensuite j'ai rencontré Evie dans la rue. Evie, c'est la petite que Dougie avait épousée. En revanche, j'ai marqué un point avec Dougie, aujourd'hui. Je l'ai obligé à ôter l'anneau qu'il portait à l'oreille... (Elle but une gorgée de highball.) Evie avait l'air si charmante, si douce... Je me disais que, si elle était restée avec mon fils, ils auraient eu des enfants ravissants. Mes petits-enfants. Ça m'est égal de vieillir, mais je voudrais des compensations. Des petits-enfants, par exemple. Monsieur Blackshear... ?

— Oui ?

— Pensez-vous que quelque chose n'aille pas avec Douglas ?

Blackshear sentit une sueur froide perler à la racine de ses cheveux.

— Je crains de ne pouvoir répondre à une telle question, répliqua-t-il.

— Non, bien sûr que non, fit-elle d'un air lointain. Je n'aurais même pas dû vous la poser. Au fond, vous ne le connaissez guère. C'est... un très brave garçon. Il est pétri de qualités.

— Je n'en doute pas, madame Clarvoe.

— Et il a de multiples talents. Tout le monde me l'a dit. Seulement, Harrison se montrait tellement sévère avec lui. Moi, au contraire, j'essaie – et j'ai toujours essayé – de l'encourager à exprimer sa propre personnalité...

Elle avait vidé son verre et l'avait posé sur le manteau de la cheminée.

— Harrison était parfois très cruel. Cela vous surprend-il ?

— Pas tellement. Il nous arrive à tous d'être cruels.

Mais pas comme Harrison... Lui, il avait l'habitude... Quelle importance, d'ailleurs. C'est du passé, maintenant. Mais je vous accable avec mes soucis. À votre tour, racontez-moi les vôtres.

— Ils ne sont pas très intéressants.

— Il n'y a pas de soucis inintéressants. C'est peut-être pour cela qu'ils nous tombent dessus...

Pour nous empêcher de mourir d'ennui. Allons, du courage, parlez-moi des vôtres.

— Je regrette, madame Clarvoe, je n'en ai pas le temps. Il faut que je vous quitte bientôt.

— Ne partez pas encore. Vous n'avez pas vu Dougie. Il est en haut, en train de s'habiller. C'est son anniversaire demain, et nous organisons un déjeuner de fête au Brown Derby.

Et pendant ce temps, pensa Blackshear, la femme de ménage attend son salaire.

— Souhaitez-lui un bon et heureux anniversaire de ma part, dit-il.

— Je n'y manquerai pas.

— Une dernière question, madame Clarvoe. N'auriez-vous pas entendu parler d'une jeune femme du nom d'Evelyn Merrick ?

Elle ne cacha pas sa surprise.

— Si, bien sûr.

— Bien sûr ?

— C'est la femme de Dougie. Je veux dire qu'elle l'a été. Le mariage ayant été annulé, elle a repris son nom de jeune fille.

— Et elle vit en ville ?

— Oui, à Westwood, avec sa mère.

— Je vois...

Ça semblait très simple tout à coup. Au fond, il aurait dû commencer par là, au lieu d'aller chez Mlle Hudson, chez Terola et chez Harley Moore. Evelyn Merrick n'était plus un mythe. Elle avait été la belle-sœur d'Helen Clarvoe.

— Helen la connaît-elle ? demanda-t-il.

— Si elle la connaît ? Mais c'est par Helen que Dougie et Evie se sont connus. Evie et Helen ont fait une partie de leurs études ensemble, à Hope Ranch. Helen avait l'habitude de ramener Evie chez nous, pour les week-ends. Elles ne sont pas allées à la même université, mais Evie revenait de temps à autre, surtout pour voir Douglas. Ce dernier l'adorait. Elle le taquinait toujours, mais ça lui plaisait. Il n'y avait jamais de malice dans ses taquineries.

Tiens donc ! pensa Blackshear.

— Parlez-moi du mariage de votre fils, madame Clarvoe, dit-il.

— Il a été célébré dans la plus stricte intimité, puisqu'il a eu lieu peu après la mort d'Harrison. Seuls étaient présents la famille et quelques amis.

— Helen y assistait-elle ?

— Helen, répliqua Verna, avait déjà quitté la maison. On l'avait invitée, bien sûr, et elle avait envoyé un joli cadeau.

— Mais elle n'est pas venue ?

— Non, elle était malade.

— De quoi souffrait-elle ?

— Je n'en sais rien, monsieur Blackshear. Et je m'en moque. Je ne l'avais invitée que par politesse et j'étais ravie, au fond, qu'elle ait refusé. Elle aurait été capable de gâcher la cérémonie avec ses airs supérieurs et sa façon de se montrer désagréable avec les gens.

Blackshear sourit intérieurement. Helen aurait pu gâcher la cérémonie ; Verna, elle, avait gâché le mariage.

— À ce moment-là, poursuivit Verna, Helen et Evie n'étaient déjà plus amies, elles ne se voyaient presque plus. D'un autre côté, bien qu'elles aient longtemps entretenu des relations amicales, elles n'avaient que peu d'intérêts et de goûts communs. Evie était plus jeune qu'Helen, insouciante et pleine de gaieté, aimant rire et s'amuser.

— Vous l'avez vue cet après-midi, m'avez-vous dit.

— Oui.

— Est-elle toujours aussi gaie et insouciante ?

— Plus tellement. L'échec de son mariage lui a porté un coup pénible. Moi aussi, d'ailleurs, je l'ai vivement ressenti. J'aurais voulu avoir des petits-enfants.

Le deuxième highball lui avait donné des couleurs, et ses yeux ressemblaient à deux perles bleues dans un visage de poupée.

— Vous savez, monsieur Blackshear, j'aurais voulu des petits-enfants. Je n'ai personne en dehors de Douglas.

— Vous avez Helen. Je pense que vous avez atteint, toutes deux, un stade où vous avez besoin l'une de l'autre.

— Ne revenons pas sur ce sujet.

— Comme vous voudrez.

— Je n'ai pas besoin de conseils. J'ai les conseils en horreur.

— De quoi avez-vous besoin, en ce cas ?

— D'argent. Rien que d'argent.

— L'argent ne vous a pas été d'un bien grand secours dans le passé. Et Helen, aussi riche qu'elle soit, n'est pas heureuse, elle est sur une mauvaise pente.

— Pourquoi me parlez-vous tout le temps d'Helen ?

— Parce que vous êtes sa mère.

— Je ne lui porte pas les sentiments d'une mère. Même quand elle était bébé. C'était le plus vilain bébé qu'on puisse imaginer. Je ne pouvais croire que c'était le mien. Après sa naissance, j'ai eu constamment l'impression d'avoir été trompée sur la qualité de la marchandise.

— Aussi longtemps que vous vous obstinerez à accorder de la valeur à des choses ou à des idées qui n'en ont pas, vous aurez toujours cette impression.

Elle fit un geste comme si elle voulait s'élancer sur lui, l'attaquer, mais il se leva.

— Vous m'avez prié de me montrer impoli.

— Alors maintenant, je vous prie de vous en aller et de me laisser tranquille.

— Très bien, fit-il. Je vais partir. Et croyez que je suis désolé de vous avoir dérangée.

Elle poussa un profond soupir.

— C'est moi qui devrais m'excuser, dit-elle. J'ai eu une journée très… dure.

— Au revoir, madame Clarvoe.

— Au revoir. Et, quand vous verrez Helen, dites-lui bonjour de ma part.

— Je n'y manquerai pas.

À peine fut-il parti qu'elle monta dans la chambre de Douglas, s'agrippant à la rampe. La porte de la pièce était ouverte.

— Dougie, commença-t-elle, il faudrait que nous parlions de certaines choses…

Il s'était habillé, ainsi qu'elle le lui avait demandé – sa robe de chambre et ses mocassins gisaient par terre, à côté du lit – mais, une fois de plus, il lui faisait payer son autorité. Au lieu de descendre voir Blackshear, il avait quitté la maison.

Elle répéta : « Dougie », mais sans conviction, sans espoir. Elle savait qu'il était parti, elle pouvait même se figurer la scène. Il avait dû aller jusqu'au salon, puis, selon son habitude, écouter à la porte : « *Pensez- vous que quelque chose n'aille pas avec Douglas ?* »

Elle tourna les talons et descendit l'escalier avec une sensation de vide dans le cœur. Elle avait l'impression de plus en plus nette que sa maison, elle aussi, était vide, désespérément vide, et que son fils était parti pour ne plus revenir.

Non, s'admonesta-t-elle tout à coup, ce n'est pas vrai, c'est ridicule. Je *sais* qu'il reviendra. Il est allé acheter un paquet de cigarettes. Ou faire une petite promenade. La soirée est belle et il aime se promener le soir.

Le téléphone sonna dans le hall. Verna était tellement sûre que c'était son fils qu'elle dit aussitôt après avoir décroché :

— Douglas, où diable es-tu…

— Est-ce la résidence Clarvoe ?

La voix était étouffée, un peu rauque. Verna crut que Douglas parlait à travers un mouchoir, pour lui jouer un de ces tours dont il était coutumier.

— Dougie, reprit-elle, tu n'aurais pas dû partir. M. Blackshear est venu et...

— Ce n'est pas Douglas, madame Clarvoe. C'est moi, Evie.

— Evie, quelle coïncidence ! Je parlais justement de vous.

— Avec qui ?

— Un de mes amis, M. Blackshear.

— Avez-vous dit des choses gentilles ?

— Bien sûr... (Elle hésita un instant avant de poursuivre :) J'ai dit bonjour à Douglas, de votre part. Il s'en est montré très heureux.

— Vraiment ?

— Je suis certaine qu'il serait ravi de vous revoir.

— Vous croyez ?

— Il a dit que vous pourriez nous rendre visite, un de ces jours, pour évoquer le bon vieux temps.

— Je n'ai pas envie d'évoquer le bon vieux temps.

— Vous parlez d'une façon bizarre, Evie. Tout va bien ?

— Mais oui. Je vous ai appelée pour vous dire quelque chose.

— À quel sujet ?

— Au sujet de Douglas. Je sais que vous vous faites du souci à son propos. Son attitude vous paraît parfois étrange. Je voudrais vous aider, madame Clarvoe. Vous avez été toujours si gentille avec moi que je me sens obligée de vous rendre un service, aujourd'hui.

Elle commença à expliquer en détail ce qui n'allait pas avec Douglas et dévoila ce qui se passait dans le studio de Jack Terola.

Bien avant qu'elle ait fini, Verna Clarvoe s'était effondrée, évanouie, au pied de la table supportant le téléphone.

6

Il était 21 h 30.

La femme occupait la cabine téléphonique depuis une bonne demi-heure et Harry Wallaby attendait toujours de pouvoir appeler sa femme, à Encino, pour lui dire que sa vieille Buick était tombée en panne et qu'il allait passer la nuit chez son beau-frère.

— Elle n'est pas encore fatiguée de bavarder, celle-là ? fit-il rageusement en avalant sa troisième bière.

Le patron du bar, un Italien d'une cinquantaine d'années, secoua la tête d'un air de commisération.

— Celle-là, elle n'est jamais fatiguée, dit-il. Plus elle parle, et mieux ça semble aller. À chaque coup de fil, elle semble reprendre de nouvelles forces. Elle est atteinte de « phonéite ».

— La phonéite ? Qu'est-ce que c'est que ce truc-là ?

— C'est comme une maladie. On se met à téléphoner et on n'arrive plus à s'arrêter. Chez elle, c'est sérieux.

— Qui c'est, cette dame ?

— Je n'en sais rien. Elle vient ici, de temps à autre, et c'est toujours la même comédie. Elle se tape deux ou trois verres, et vlan, ça la prend. Puis elle demande un dollar de monnaie et s'enferme dans la cabine ; je me suis souvent demandé de quoi elle pouvait bien parler.

— Vous n'avez pas essayé de le découvrir ?

— Vous voulez dire que je devrais aller épier ses conversations ?

— Bien sûr.

— Ce ne serait pas correct, fit l'Italien d'un ton de vertu outragée. Après tout, c'est moi le patron.

— Vous, peut-être, mais pas moi. Y a-t-il une loi qui interdise à un type d'aller se mettre à côté de la cabine et d'écouter un peu ?

— Pas à ma connaissance. On vit en démocratie.

— Et comment qu'on vit en démocratie !

Posant son verre vide sur le comptoir, Wallaby descendit de son tabouret, fit mine de se diriger vers la porte comme s'il partait puis, opérant un mouvement tournant, se glissa le long du mur jusqu'à la cabine. Il écouta quelque temps ce qui s'y disait, l'oreille collée contre la paroi, puis revint vers le bar, un sourire gêné aux lèvres. Le tenancier leva les sourcils en un signe d'interrogation muette.

— Elle parle du mari de Douglas, annonça Wallaby.

— Hein ?

— Elle parle d'un gars du nom de Douglas et de son mari.

— Ça me paraît bizarre. Vous avez dû comprendre de travers.

— Non, non, elle parlait du mari de Douglas.

— Mais, qui est ce Douglas ?

— Comment diable voulez-vous que je le sache ? Je vous répète ce qu'elle a dit, c'est tout.

À 21 h 45, Evelyn Merrick sortit de la cabine, tendit le bras gauche pour faire disparaître la crampe imminente, puis tira sur sa robe. D'habitude, après avoir passé quelques coups de téléphone, elle se sentait heureuse, détendue, mais ce soir elle était encore tout excitée. Le sang battait dans sa tête et elle éprouvait un léger vertige. Son cocktail se trouvait toujours sur le comptoir. Elle s'installa sur un tabouret et examina le verre d'un air méfiant, comme si elle craignait qu'en son absence on y ait versé quelque poison foudroyant.

— C'est bon, Wallaby, dit le patron tout haut. Vous pouvez enfin téléphoner à votre femme.

Evelyn saisit tout de suite le sens caché et fixa l'Italien cependant que le rouge envahissait ses joues.

— Aurais-je occupé le téléphone trop longtemps ?

— Oh ! guère plus d'une heure.

— C'est une cabine publique.

— Sûr, ce qui veut dire qu'elle est pour le public, c'est-à-dire pour tout le monde. Si une personne comme vous s'y installe pour une heure, eh bien, les autres sont obligés d'attendre. Si c'était la première fois, je ne dirais rien, mais avec vous ça devient une habitude.

— Est-ce que vous parlez de la sorte à tous vos clients ?

— C'est moi le patron, et je parle à mes clients comme il me plaît. S'il y a des gens à qui ça déplaît, ils n'ont qu'à ne pas revenir. Ça vaut pour tout le monde.

— Je vois... (Elle se leva.) Est-ce votre licence que j'aperçois à côté de la caisse enregistreuse ?

— Sûr que c'est ma licence. Tout ce qu'il y a de plus officiel.

— Vous vous appelez Florian Vicente ?

— Oui.

— Eh bien, bonsoir, monsieur Vicente.

Vicente en resta interdit. Elle avait parlé d'un ton amical, avec un charmant sourire, et il se sentait un peu honteux de sa brusquerie. Après tout, elle était inoffensive.

Dehors, une pluie de saison s'était mise à tomber. Evelyn Merrick ne le remarqua même pas. Elle avait des sujets de méditation plus importants que ça. Le tenancier s'était montré grossier et méritait une leçon.

Elle se dirigea vers Hollywood Boulevard, répétant le nom de Vicente, pour bien le mémoriser. Italien. Catholique. Probablement marié, avec plusieurs enfants. Les hommes mariés et pères de famille étaient les plus vulnérables. Elle songea à Bertha et Harley Moore et se mit à rire tout haut. Quelques gouttes d'eau tombèrent entre ses lèvres entrouvertes. La pluie avait bon goût. Bien meilleur que les cocktails de M. Florian Vicente. Il devrait servir des boissons comme ça. *Je voudrais une double pluie, monsieur Vicente. Dans un grand verre. Demain matin, je téléphonerai à*

Mme Vicente pour lui dire que son mari est un maquereau.

Elle se mit à courir sur le trottoir humide, se sentant légère comme une bulle. Les gens qui s'étaient réfugiés sous les portes cochères la contemplaient avec étonnement. Leur surprise semblait toute naturelle à Evelyn Merrick. Ils devaient se demander pourquoi une jeune et jolie fille courait gaiement sous la pluie, riant aux éclats. Ce qu'ils ignoraient, c'est qu'elle ne craignait pas la pluie, qu'elle était *imperméable.* Seuls quelques-uns, parmi les plus intelligents, avaient deviné pourquoi elle ne se fatiguait jamais : son corps carburait à l'air de la nuit. Parfois, d'aucuns avaient voulu la suivre, pour lui soutirer son secret, mais ils étaient faciles à repérer, et elle avait toujours su les semer. Ce n'est que dans la plus stricte intimité qu'elle se resourçait, inspirant profondément par une narine puis l'autre, pour mieux filtrer les irritants.

Ayant atteint le boulevard, elle tourna vers l'est, en direction de Vine Street. Elle ne savait pas où elle allait. Mais elle était sûre d'une chose : elle trouverait sur son chemin un petit bar, avec une cabine téléphonique inoccupée.

Elle allait traverser une rue en courant, sans voir que le feu était passé au rouge. Une femme hurla et un homme saisit Evelyn par le bras et la tira violemment en arrière.

— Faites attention, beauté ! cria-t-il.

Elle tourna vivement la tête. Le visage de l'homme était à moitié caché par le col relevé de son imperméable et par le chapeau de feutre aux bords baissés. Il tombait maintenant des hallebardes, et elle ne voyait guère le visage de son sauveur.

— Merci, dit-elle. Merci infiniment.

Il porta la main à son chapeau.

— De rien.

— Vous m'avez probablement sauvé la vie. Je ne sais comment vous...

— C'était bien la moindre des choses.

Le feu passa au vert. L'homme s'écarta et traversa vivement.

Toute la scène n'avait pas duré trente secondes, mais déjà elle se multipliait dans l'esprit d'Evelyn. La demi-minute devint heure, le feu rouge synonyme de Providence, la main de l'homme sur son bras une caresse. Elle se souvint de coups d'œil qui n'avaient pas été échangés, de paroles qui n'avaient pas été prononcées. Amant. Mon chéri. Bien-aimé. Charmante jeune femme.

Oh ! mon chéri, attends-moi. J'arrive. Attends-moi, ô mon doux amant.

Trempée jusqu'aux os, morte de fatigue, tremblante de froid, perdue, elle se remit à courir. Les passants la regardaient avec étonnement. D'aucuns la croyaient malade, d'autres pensaient qu'elle avait trop bu. Personne ne lui offrit aucune aide.

Elle reprit des forces dans un passage, entre deux immeubles, un hôtel et un cinéma. Cachée derrière une rangée de poubelles, elle aspira goulûment l'air frais, d'abord par une narine, ensuite par l'autre. Seul un chat assistait à la scène. Aspirer. Compter jusqu'à quatre. Expirer ensuite. Compter jusqu'à trois. Aspirer. Compter jusqu'à quatre... Ce devait être fait avec ordre et méthode. Et il ne fallait pas se tromper dans les comptes. Trois et quatre font sept. Sept ! Un chiffre bénéfique. Tout devait être par sept dans la vie.

Aspirer. Compter jusqu'à quatre. Expirer...

Lorsqu'elle eut fait son plein, elle avait totalement oublié son amant. Elle ne se souvenait plus que de Florian Vicente parce qu'il s'était montré grossier. Pourquoi l'avait-il fait ? Parce qu'elle avait découvert qu'il était maquereau. Quel choc ce serait pour sa femme d'apprendre qu'elle avait épousé un homme qui vivait des charmes de pauvres filles ! Elle en avait pitié, mais elle ne s'estimait pas le droit de se taire. Mme Vicente devait être mise au courant. La vérité qu'elle apprendrait préviendrait peut-être de plus grandes catastrophes.

Remplie de pitié pour Mme Vicente, elle quitta le passage et se dirigea vers un bar tout proche. Elle y était déjà allée et savait qu'il y avait là une cabine téléphonique. Devant le bar, elle commanda un martini – un mot de sept lettres !

Un jeune homme installé sur le tabouret voisin se tourna vers elle.

— Il pleut toujours, hein ?

— Oui, répliqua-t-elle poliment, mais ça n'a aucune importance.

— Pour moi, si. Je dois...

— Pour moi, ça n'a aucune importance, expliqua-t-elle. Je suis imperméable.

Le jeune homme se mit à rire. Sa façon de rire et son air lui rappelaient Douglas.

— Je ne plaisante pas, dit-elle. Je *suis* imperméable.

— Félicitations ! (Le jeune homme cligna de l'œil à l'adresse du barman.) Je voudrais bien l'être, moi, ça me permettrait de rentrer sans me faire saucer. Dites-nous un peu comment vous êtes arrivée à devenir imperméable, mademoiselle.

— Je n'ai rien fait pour cela. Je suis née comme ça.

— Vraiment ?

— Puisque je vous le dis.

Il rit de plus belle. Evelyn lui tourna le dos. Encore un pauvre ignorant qui ne devinait pas la puissance qu'elle détenait. Et plus elle y pensait, plus il lui rappelait Douglas. S'il se montrait insolent comme M. Vicente, il faudrait qu'elle se procure son nom, pour lui donner une leçon. Entre-temps, elle avait d'autres chats à fouetter.

Elle paya le martini puis, sans seulement y tremper ses lèvres, se dirigea vers la cabine téléphonique. Elle n'eut pas besoin de chercher le numéro. Les numéros, c'était la seule chose dont elle se souvenait. Toujours. Parfois elle oubliait le reste, mais jamais les numéros de téléphone. Elle ne savait plus très bien combien d'amants elle avait eu, mais les numéros, c'était différent. Elle les connaissait *tous*.

Elle en composa un, tremblant d'émotion. Elle devait poursuivre sa mission d'épuration, de vengeance, de châtiment.

— Monica Hotel, entendit-elle.

— Je voudrais parler à Mlle Helen Clarvoe, s'il vous plaît.

— Je regrette, mais Mlle Clarvoe a depuis ce matin une ligne privée dans son appartement.

— Pourriez-vous me donner le numéro ?

— Je suis désolée, mais je l'ignore moi-même, il n'est pas sur la liste.

— Espèce de sale menteuse ! dit Evelyn en raccrochant.

Elle détestait les menteuses. Capables de tout, ces méchantes.

Elle téléphona à Bertha Moore mais celle-ci raccrocha à peine eut-elle reconnu la voix.

Elle appela de nouveau Verna Clarvoe, mais c'était coupé.

Alors elle composa le numéro de Jack Terola, laissant la sonnerie se prolonger pendant plus d'une minute. Pas de réponse.

Elle téléphona à la police pour annoncer qu'un homme avait été blessé avec des ciseaux dans le hall du Monica Hotel et qu'il perdait son sang en abondance.

C'était mieux que rien, mais ça ne lui suffisait pas. Un sentiment de rage, de frustration, dévorait les entrailles d'Evelyn, et elle avait l'impression d'avoir du poil de chat dans la bouche.

De chat... C'était la faute du chat, celui qui l'avait vue dans le passage, pendant qu'elle faisait son plein d'eau et d'air frais. Les chats contaminent tout ce qu'ils approchent. Elle aimait les bêtes, mais ce chat était un monstre. Il méritait une leçon. Non pas une leçon à coups de téléphone, mais à coups de ciseaux. Comme l'homme blessé dans le hall du Monica Hotel.

Cet homme n'était plus désormais le fruit de son imagination mais celui de son expérience. Elle le voyait nettement, allongé sur la moquette, pâle, couvert de sang. Il ressemblait un peu à Douglas et un peu à Terola. C'était Douglas-Terola, il était le symbole de leur mariage, et il était mort.

Elle revint au bar. Un des barmen et le jeune homme qui avait ri se parlaient tout bas. Lorsqu'ils l'aperçurent, il se séparèrent. Le barman s'avança vers la caisse ; quant au jeune homme, il se leva et se dirigea vers les toilettes.

Tout le monde la désertait. On ne répondait plus à ses coups de téléphone, on s'éloignait d'elle comme d'une pestiférée. Elle les haïssait tous, mais sa haine était particulièrement tenace envers les trois Clarvoe, et envers Helen, surtout. Helen lui avait délibérément tourné le dos, elle, une vieille amie. C'est pour cette raison qu'elle devait souffrir plus que les autres. Elle ne pourrait se cacher éternellement derrière un numéro de téléphone masqué. Il existait d'autres moyens de l'atteindre.

— J'aurai sa peau, dit Evelyn tout bas. Je l'aurai…

Un sentiment d'intense colère emplissait tout son être.

7

L'aube se leva, maigre et brumeuse éclaircie du ciel. La tempête avait fait rage toute la nuit. Le vent avait sifflé dans les rues, talonné par des rafales de pluie. Mais ce n'est pas cela qui réveilla Helen Clarvoe. C'est un souvenir qui lui revint brusquement à l'esprit.

— Evie, dit-elle.

Le nom qui, pendant longtemps, n'avait rien signifié pour elle, lui devenait soudain aussi familier que le sien.

Son cœur se mit à battre avec violence et des larmes lui montèrent aux yeux. Non parce qu'elle s'était tout à coup souvenue, mais parce qu'elle avait trop longtemps oublié. Elle n'avait eu aucune raison de l'oublier. Evie avait été une amie de toujours. Elles échangeaient vêtements et secrets, elles se partageaient les colis qu'on leur envoyait de chez elles, riaient après l'extinction des feux, elles avaient inventé un langage secret que personne ne pouvait comprendre, elles étaient tombées amoureuses du même professeur marié et père de quatre enfants au regard si romantique. Evie était la plus déchaînée des deux. Elle prenait les décisions, Helen, elle, se contentait de suivre le mouvement.

Nous avons toujours été amies. Rien ne s'est passé qui ait justifié un tel oubli.

Elles avaient assisté ensemble à leur premier bal d'Halloween, vêtues de la même façon, sur la suggestion d'Evie. Déguisées en bohémiennes. Evie transportait même un bocal à poissons vide, faisant office de boule de cristal.

Le bal auquel avaient été conviées toutes les élèves des grandes classes avait été organisé dans le gymnase d'un lycée privé de garçons. M. Clarvoe y avait conduit sa fille et Evie, et les avait déposées devant l'entrée.

— Je n'ose pas y aller, Evie.

— Ne sois pas bête, Helen. Ce ne sont que des garçons.

— J'ai peur. Je veux rentrer chez moi.

— Ton père est reparti et nous n'allons pas nous taper quinze kilomètres à pied habillées comme ça ! Allez, viens, sois sympa.

— Tu promets de ne pas me laisser tomber ?

— Bien sûr !

— Tu me le jures ?

— Écoute plutôt la musique. Ils ont engagé un vrai orchestre !

Elles étaient entrées et le cauchemar avait commencé.

Helen passa la soirée dans un coin du gymnase, raide, muette, observant Evie qui voguait d'un cavalier à l'autre. Elle aurait vendu son âme au diable pour être Evie, mais le diable n'était pas là.

Elle se réfugia dans les toilettes et y pleura des heures, la tête appuyée contre un mur.

La soirée finie, son père l'attendait dehors, dans sa voiture.

— Où est Evie ? demanda-t-il.

— Elle se fait ramener par un de ses cavaliers.

— Elle est trop jeune pour cela. Si ç'avait été ma fille, je ne le tolérerais pas... (Il démarra.) As-tu passé une bonne soirée ?

— Très bonne, merci.

— Raconte-moi.

— Oh ! il n'y a pas grand-chose à raconter. Je me suis bien amusée, c'est tout.

— Tu n'es pas très loquace. Ta mère et moi nous sommes mis en quatre pour que tu ailles à ce bal. Tu pourrais au moins nous raconter ta soirée.

Il y avait de l'agacement dans la voix de M. Clarvoe.

— Excuse-moi si je t'ai fait attendre, papa.

— Mais non.

Il avait attendu durant trois quarts d'heure, mais Helen n'y était pour rien. Il était arrivé plus tôt délibérément, car c'était le premier bal de sa fille et il était aussi inquiet qu'elle. Il était resté assis dans la voiture, percevant le tumulte des rires et de la musique, imaginant ce qui se passait à l'intérieur du gymnase, Helen radieuse et enjouée dans son costume de bohémienne. Quand enfin elle était sortie, seule, la mine défaite et morne, la déception l'avait submergé.

— As-tu dansé ?

— Bien sûr.

— Avec qui ?

Helen n'avait pas l'intention de mentir, mais il lui parut impossible de l'éviter. Sans hésiter, elle cita les noms de plusieurs garçons qui avaient dansé avec Evelyn et inventa même divers détails.

Elle parla ainsi durant tout le trajet du retour, cependant que son père souriait et faisait de brefs commentaires. « Ce Jim a l'air d'un sacré farceur » ; « Dommage que ce Powers soit plus petit que toi » ; « Qui a bien fait de t'inscrire aux cours de danse ? »

Plus tard, en lui souhaitant bonne nuit, il lui donna une affectueuse petite tape sur les fesses.

— Il va maintenant falloir que je te surveille, jeune fille. Un de ces jours, tu vas venir nous annoncer que tu es tombée amoureuse d'un de tes cavaliers. Au fait, Evie s'est-elle autant amusée que toi ?

— Je le suppose. J'étais trop occupée pour voir ce qu'elle faisait.

Elle alla se coucher, presque convaincue par ce qu'elle avait raconté tant son père l'avait crue.

Le lendemain, la directrice de l'école, qui avait assisté à la soirée dansante, téléphona à M. Clarvoe pour prendre des nouvelles de son élève. Elle avait vu Helen triste dans son coin et voulait savoir si elle allait bien.

M. Clarvoe ne dit rien durant le dîner devant Verna et Douglas mais, après le repas, il s'enferma avec Helen au salon.

— Pourquoi m'as-tu menti, Helen ?

— À propos de quoi ?

— De la soirée d'hier.

Elle n'osait rien dire, rouge d'humiliation.
— Pourquoi as-tu menti ?
— Je ne sais pas.
— Si cela n'avait été qu'un seul mensonge... Mais tu m'en as sorti une belle brochette. Je ne comprends pas. Pourquoi ?
Elle secoua la tête.
— Rien de ce que tu m'as dit n'était vrai ?
— Rien, confirma-t-elle avec une espèce d'amère satisfaction, sachant que cela le faisait autant souffrir qu'elle-même. Pas un mot.
— Pas même tes cavaliers... ?
— Je les ai inventés.
— Helen, regarde-moi. Je veux connaître la vérité. J'exige que tu me la dises. Que s'est-il réellement passé ?
— Je me suis enfermée dans les toilettes.
Il fit un pas en arrière, comme si elle l'avait giflé.
— Dans... les *toilettes* ?
— Oui.
— Pourquoi ? Pour l'amour du ciel, pourquoi ?
— Je ne savais pas quoi faire d'autre.
— Bon Dieu, pourquoi ne pas m'avoir téléphoné ? Je serais venu, je t'aurais ramenée à la maison.
— Je suis... trop fière pour cela.
— Trop *fière* ! Une personne fière ne va pas s'enfermer dans les toilettes. L'idée même m'en paraît... obscène !
— Je ne savais pas quoi faire...
— Et Evie ? Était-elle avec toi ?
— Non. Elle, elle dansait.

— Elle a dansé toute la soirée, et toi tu es restée enfermée dans les toilettes ?

— Oui.

— Pourquoi, mais pourquoi ?

— Parce qu'elle avait du succès, et moi pas.

— Ce n'est pas en s'enfermant ainsi qu'on peut espérer avoir du succès.

— Même si j'étais restée dans la salle, personne ne serait venu m'inviter. Je suis trop laide.

— Tu t'embelliras avec le temps. Ta mère est une des plus belles femmes de cet État.

— Tout le monde dit que je te ressemble.

— Absurde ! Tu ressembles de plus en plus à ta mère. Qu'est-ce qui peut te faire croire que tu es laide ?

— La façon méprisante dont les garçons me regardent.

— C'est probablement parce que tu es trop lointaine. Pourquoi n'essaies-tu pas de te montrer plus aimable, comme Evie ?

Elle ne lui avoua pas qu'elle aurait vendu son âme au diable pour être Evie, pas seulement lors de la soirée, mais toujours.

La colère bouillonnante de M. Clarvoe se transforma peu à peu en mépris.

— Tu te rends compte, bien entendu, déclara-t-il, que tu dois être punie pour avoir menti.

— Oui.

— Regrettes-tu d'avoir menti ?

— Oui.

— Si tu avais l'occasion de revivre notre conversation d'hier, dans la voiture, et si tu pouvais mentir tout en sachant que la vérité ne serait pas découverte, mentirais-tu quand même ?

— Oui.

— Pourquoi ?

— Parce que cela nous rendrait plus heureux, tous les deux.

C'était vrai, et il le savait. Malgré cela, il secoua la tête.

— Tu me déçois, Helen, dit-il. Tu me déçois beaucoup. Et maintenant, tu peux monter dans ta chambre.

— Bonsoir, papa…

Elle se dirigea lentement vers la porte.

— Et ma punition ?

— Tu es suffisamment punie d'être ce que tu es et de devoir vivre avec toi-même.

Plus tard, le même soir, elle entendit ses parents discuter dans leur chambre à coucher et se cacha derrière la porte pour entendre ce qu'ils disaient.

— Dieu sait si je fais mon possible avec elle, disait Verna. Mais elle est indécrottable, avec son sale caractère.

— Que penses-tu de mon projet d'organiser une grande soirée ici, d'inviter les fils de tous nos amis ? demanda Harrison Clarvoe.

— Il n'y en a pas beaucoup, des amis qui aient des garçons de son âge. Je ne vois que les Dillard et les Patterson. Et je déteste Agnès Patterson.

— Il faut bien trouver un moyen. Si ça continue comme ça, elle ne trouvera personne à épouser.

— Je ne te comprends pas, Harrison. Pendant des années, tu as traité Helen comme si elle avait quatre ans et voilà que, soudain, tu penses à la marier.

— Tu m'accuses d'être responsable de son caractère.

— Il y a bien un responsable.

— Et toi, tu ne l'es jamais.

— Moi, déclara Vera, je m'occupe de Dougie. Les filles doivent être élevées par leur père. D'ailleurs, c'est à toi qu'elle ressemble de plus en plus. La moitié du temps, je ne la comprends même pas. Elle est taciturne, elle ne fait part à personne de ses pensées, elle n'exprime pas ses idées.

— Elle est timide, rien de plus. Nous devons songer à un moyen de lui faire passer sa timidité.

— Comment ? Quel moyen vois-tu ?

— En premier lieu, nous devrions l'encourager à voir davantage Evie. Cette fille-là a une excellente influence sur Helen.

— Je suis de ton avis...

Il y eut un silence, suivi d'un soupir.

— Quel dommage que nous n'ayons pas une fille comme Evie.

Pieds nus, frissonnant de crainte et de froid, Helen se traîna jusqu'à sa chambre et se glissa entre les draps. Elle avait l'impression d'étouffer, murs et plafond semblaient se rapprocher, l'encercler, comme les parois d'un cercueil. Elle savait maintenant que son père avait raison. Son plus grand châtiment était d'être elle-même.

Elle ne dormit pas de la nuit. Et, le lendemain matin, l'émotion qui dominait tout son être n'était pas le ressentiment envers ses parents mais une haine nouvelle et amère pour Evie.

Elle ne la manifesta pas. Sa haine se développa en son for intérieur, brûlante, passionnée. Aucun changement n'intervint dans ses relations avec Evie. Elles continuèrent de sortir ensemble, elles continuèrent d'échanger robes, secrets et friandises. À cette différence près que les secrets d'Helen n'étaient plus vrais. Elle les inventait, selon les besoins. Elle jouait avec son amie la plus atroce des comédies.

À la fin du semestre, lorsque Evie annonça qu'elle avait un amoureux, Helen rétorqua qu'elle en avait deux. Et quand on promit à Evie un cheval si elle avait de bonnes notes, Helen déclara fièrement qu'à elle, on lui avait promis une voiture. À la fin, il devint aussi difficile à Evie d'accepter ces mensonges qu'à Helen de les inventer, et les deux adolescentes commencèrent à s'éviter.

Cela allait causer des histoires chez elle, mais Helen se sentait prête à affronter toutes les difficultés, à résoudre tous les problèmes, à mentir sans fin.

— Pourquoi n'as-tu pas invité Evie pour le week-end ? lui demanda un jour son père.

— Je l'ai invitée, mais elle n'a pas voulu.

— Pourquoi ?

Elle hésita, juste le temps d'exciter la curiosité de Harrison Clarvoe.

— Je lui ai promis de ne pas le dire.

— Je suis ton père, tu peux tout me dire.

— Non.

— Est-ce parce qu'elle nous en voudrait de quelque chose ?

— Non. Elle préférait rester à l'école, pour potasser son latin.

— Ça m'étonne. Evie n'est pas le genre de fille à faire ça. Elle aime bien s'amuser.

— Oh ! elle s'amusera bien. Je veux dire, elle adore étudier.

— Helen, tu ne me dis pas la vérité.

— Je lui ai promis le secret.

— J'ai l'impression, ma fille, que je ferais mieux d'aller au fond des choses. Où est Evie ?

— À l'école.

— Et qu'y fait-elle ?

— Je ne peux pas te le dire. Je le lui ai juré.

— J'exige une réponse franche et immédiate, Helen, tu m'entends ?

— Oui, mais…

— Pas de mais, s'il te plaît.

— Elle… elle a un ami.

— Oui ? Continue.

— Elle ne veut pas que ses parents soient au courant, car il est mexicain.

— Un *Mexicain ?*

— Il travaille dans une plantation de citronniers, près de l'école. Elle sort par la fenêtre, une fois les lumières éteintes, et va le retrouver dans la forêt…

Elle se mit à pleurer.

— Tu m'as obligée à trahir son secret. Je le lui avais promis. Tu m'as forcée à mentir !

Couchée dans son lit, le bras posé sur le visage comme pour se protéger contre le retour de ses souvenirs, Helen Clarvoe avait l'impression que murs et plafond se rapprochaient jusqu'à l'étouffer, jusqu'à se renfermer sur elle. Un cercueil… *Tu es suffisamment punie d'être ce que tu es et de devoir vivre avec toi-même… Quel dommage que nous n'ayons pas une fille comme Evie…*

8

La maison était située au milieu d'un petit jardin clos, dans Kasmir Street, à Westwood. Une carte encastrée au-dessus de la sonnette disait : *Mme Annabel Merrick. Mlle Evelyn Merrick.*

La façade aurait eu bien besoin d'une couche de peinture. La femme qui ouvrit à Blackshear, elle, avait les joues roses, de beaux yeux bleus et l'air d'avoir grandi à la campagne.

— Monsieur Blackshear ? demanda-t-elle.

— Oui.

— Je suis Annabel Merrick. (Ils se serrèrent la main.) Entrez donc. J'étais en train de préparer le petit déjeuner. Si vous n'avez pas pris le vôtre, je ferai cuire un œuf de plus.

— Je vous remercie, j'ai mangé.

— Vous prendrez bien une tasse de café, alors…

Elle referma la porte et le précéda à la cuisine.

— J'avoue avoir été surprise par votre coup de téléphone matinal.

— Pardon si je vous ai tirée du lit.

— Oh non ! j'étais déjà levée. Je travaille, vous savez. Chez le fleuriste du Roosevelt Hotel. Vous êtes sûr que vous ne voulez pas un œuf frit ?

— Non, merci.

— Ça fait des années que je suis divorcée et comme la pension alimentaire n'a pas suivi le coût de la vie, je suis contente d'avoir un emploi. D'ailleurs, entourée de fleurs comme je le suis, je n'ai pas l'impression de travailler. Tous ces delphiniums bleus sont purement divins.

Elle apporta son assiette à table, s'assit face à Blackshear et commença à manger, ne paraissant aucunement étonnée de recevoir la visite d'un inconnu à 8 heures du matin.

— Blackshear, quel drôle de nom ! Il doit vous arriver que les gens confondent et vous appellent Blacksheep[1], non ?

— Fréquemment.

— Laissez-moi vous servir du café. Prenez du sucre. Vous ne m'avez pas dit de quoi vous vous occupiez.

— D'investissements.

— D'investissements ? Et vous vouliez voir Evelyn ? Mon cher monsieur, vous avez dû vous tromper de porte. Ni elle ni moi n'avons le moindre sou à jouer à la Bourse. Pour tout dire, Evelyn est actuellement sans emploi.

— Je serais quand même heureux de la rencontrer.

— Comme je vous l'ai dit au téléphone, elle n'est pas ici pour le moment. Elle passe deux ou trois jours avec une amie dont le mari a dû s'absenter.

1. Blackshear, textuellement « ciseaux noir », est un nom de famille peu répandu. « Blacksheep » signifie « brebis galeuse ».

Comme cette amie a peur de rester seule la nuit, Evelyn a proposé de lui tenir compagnie. Elle adore rendre service.

Elle parlait avec orgueil sur un ton maternel et Blackshear se dit que Mme Merrick connaissait aussi mal sa fille que Verna Clarvoe son fils.

— Pourriez-vous me donner le nom et l'adresse de cette amie ? demanda-t-il.

— Mais certainement. C'est Claire Laurence, ou plus exactement Mme John Laurence, 1375, Nessler Avenue, près de l'université de Californie. Evelyn n'est pas là durant la journée, car elle court à travers la ville à la recherche d'un emploi. Mais vous devriez la trouver à l'heure du dîner.

— Quel genre d'emploi recherche-t-elle ? Je pourrais l'aider, peut-être.

— Je crains qu'elle ne s'y connaisse guère en investissements, actions et obligations.

— Quel métier voudrait-elle exercer, madame Merrick. S'intéresse-t-elle au cinéma ? Ne voudrait-elle pas devenir modèle, ou quelque chose dans ce genre-là ?

— Sûrement pas. Elle n'aurait pas d'idées aussi folles, monsieur Blackshear. C'est une fille sensée. Qu'est-ce qui vous a fait croire qu'elle voudrait devenir modèle ?

— Beaucoup de jolies filles choisissent un tel métier.

— Evelyn est jolie, mais elle n'est pas vaniteuse. Et puis, elle ne voudrait pas d'un métier qui ne durerait qu'un temps. Evelyn désire un emploi stable. Je vous ressers du café ?

— Non, merci...

Mais, comme si elle ne l'avait pas entendu, elle lui remplit à nouveau sa tasse. Et Blackshear remarqua que sa main tremblait.

— J'espère, dit-il, que je ne vous ai pas contrariée.

— Peut-être m'avez un peu contrariée, mais je l'étais sans doute déjà.

— Vous vous faites du souci au sujet d'Evelyn ?

— À propos de quoi une mère se ferait-elle du souci si ce n'est au sujet de son enfant unique ? Je voudrais qu'Evelyn soit heureuse et sereine.

— Ne l'est-elle pas ?

— Pendant un temps, j'ai cru qu'elle le serait. Et puis, elle a changé. Evelyn est devenue différente, depuis son mariage... (Elle ébaucha un sourire gêné.) Je me demande pourquoi je vous raconte tout ça, puisque vous m'avez dit au téléphone que vous ne connaissiez même pas ma fille.

— Non, en effet, mais j'en ai beaucoup entendu parler par les Clarvoe.

— Ce sont des amis à vous ?

— Oui.

— Vous êtes au courant du mariage, dans ce cas ?

— Oui.

— Est-ce pour cette raison que vous êtes venu ? Est-ce Verna qui vous a envoyé pour essayer d'arranger les choses ?

— Non.

— Je pensais que... Bah ! quelle importance, maintenant ! On ne pleure pas les pots cassés...

Elle se leva et alla porter son assiette sale dans l'évier.

— Mon propre mariage a aussi été un échec. J'avais de grands espoirs pour Evelyn. Comme j'étais bête de ne pas voir la vérité.

— Quelle vérité, madame Merrick ?

— Si vous connaissez les Clarvoe, vous savez très bien de quoi je parle.

L'assiette qu'elle lavait lui échappa des mains et se brisa, mais elle n'y prêta même pas attention.

— Ma fille a épousé un inverti. Et je l'ai laissée faire. Parce que je n'avais rien deviné. Il nous a trompées toutes les deux. Je me suis laissée prendre par ses bonnes manières, ses conversations, sa gentillesse. Je voyais le mari gentil et attentionné qu'il serait. Vous devez avoir une idée de l'image qu'Evelyn avait de lui.

— En effet.

— Je suppose que c'est arrivé à d'autres femmes, mais Evie n'aurait jamais connu ça si je n'avais pas été divorcée, si elle avait eu son père à ses côtés. Lui, il aurait tout de suite compris la véritable nature de Douglas.

» Ils sont allés à Las Vegas pour y passer leur lune de miel, et Evelyn m'a envoyé une carte postale pour dire que tout allait bien et que le temps était merveilleux. Pendant une semaine, je n'ai eu aucune nouvelle. Puis, un beau matin, on a sonné à la porte. C'était Evelyn, ses valises à la main. Elle ne pleurait pas, elle ne protestait pas. Elle m'a simplement dit : « Je l'ai quitté. Ce n'était pas un mariage, simplement une cérémonie. »

» Vous devinez mon émotion. Je lui ai demandé si elle était sûre, je lui ai dit qu'au début certains hommes sont timides, qu'ils n'osent pas. Mais elle m'a répondu qu'elle n'avait aucun doute pour la bonne raison que Douglas le lui avait avoué. Il lui avait même demandé pardon de l'avoir épousée.

» Elle a laissé ses valises sur le seuil, refusant que je les porte à l'intérieur. Le lendemain, elle a donné son trousseau à l'Armée du Salut. Lorsqu'elle est revenue pour le déjeuner, elle avait l'air si pâle, si lasse, que j'ai failli éclater en sanglots. Je me sentais coupable.

Mme Merrick ramassa les morceaux de l'assiette et les jeta dans la poubelle.

— Quand une assiette se brise, dit-elle, vous vous en débarrassez. Mais quand il s'agit du cœur de votre fille, vous essayez de votre mieux de recoller les morceaux. Au fond, je regrette que, le jour de son retour, elle n'ait pas pleuré un bon coup, ça lui aurait peut-être rendu sa gaieté d'antan. Elle qui était si vive, toujours prompte à exprimer ses sentiments comme ses opinions. Mais, depuis, elle paraît se désintéresser de tout…

— Evelyn, ma chérie, as-tu dîné ?

— J'ai mangé un peu…

— Et si je te réchauffais un bol de soupe ? J'ai fait de la soupe de maïs, ce soir…

— Non, merci.

— Evelyn, ma chérie…

— Maman, ne t'énerve pas. Nous devons songer à l'avenir.

— Que veux-tu faire ?

— Je vais demander l'annulation du mariage. N'est-ce pas ce que prévoit la loi, si le mariage n'a pas été consommé, comme on dit ?

— Je crois.

— Je verrai un avocat dès demain matin.

— Il n'y a pas besoin de se presser. Prends d'abord un peu de repos.

— Pour me reposer de quoi ? demanda Evelyn d'un ton méprisant. Non. Le plus tôt sera le mieux. Je ne veux plus porter le nom de Clarvoe. C'est un nom que je déteste.

— Evelyn, chérie, écoute-moi…

— Je t'écoute.

— Il ne t'a pas… maltraitée ?

— Dans quel sens ?

— Eh bien, il ne t'a pas fait d'avances indécentes ?

— C'est moi qui lui ai fait des avances.

— Bon, Dieu merci.

— Pour quoi donc ?

— Qu'il ne t'ai pas maltraitée.

— J'ai l'impression, maman, que tu vois la situation sous un jour entièrement faux. Si tu veux, je vais te brosser un tableau exact de ce qui s'est passé là-bas.

— Si ça éveille des souvenirs pénibles en toi…

— Non, même pas. Je ne veux pas, surtout, que tu croies qu'il ait abusé… physiquement de moi. C'est tout le contraire…

Elle commença à se masser l'annulaire, comme si elle voulait faire disparaître l'empreinte de son alliance.

— Tout a commencé dans l'avion, lorsqu'il a été malade. J'ai pensé, tout d'abord, qu'il avait le mal

de l'air. En réalité, il avait une peur maladive d'être avec moi dans l'intimité.

» En arrivant à l'hôtel, il est allé directement au bar pendant que je défaisais les valises. Il y est resté toute la nuit. Et moi, je l'attendais, vêtue d'un déshabillé vaporeux. Vers les 6 heures du matin, deux chasseurs l'ont ramené et l'ont allongé sur le lit. Il ronflait. Je lui trouvais un drôle d'air. Mais en même temps, il me faisait pitié. On aurait dit un petit garçon. Dès qu'il a commencé à revenir à lui, je me suis penchée au-dessus de lui et je lui ai posé ma main sur le front. Il a ouvert les yeux et m'a aperçue. Alors, il a poussé un cri, comme je n'en avais jamais entendu. On aurait dit une bête blessée. J'ai sauté en arrière, mais je ne comprenais toujours pas. Je pensais qu'il avait seulement trop bu… Mais c'était une gueule de bois qu'il traînait depuis des années déjà.

Sa bouche se tordit en un rictus de mépris.

— Evelyn, ma pauvre chérie…

— Ne me plains pas, maman…

— Mais pourquoi, pour l'amour du ciel, t'a-t-il épousée ?

— Parce que, expliqua sèchement Evelyn, il voulait prouver qu'il était un homme.

Blackshear écoutait. Il les plaignait tous : Mme Merrick, Evelyn, qui avait tellement attendu de son mariage, Douglas, malade de peur, Verna, qui refusait de voir la vérité.

— Hier, poursuivit Mme Merrick, Evelyn et moi, nous avions rendez-vous en ville pour faire des courses. Et, pour la première fois depuis le mariage, nous avons rencontré Verna Clarvoe. J'étais furieuse, je voulais lui dire ses quatre vérités. Mais je n'ai rien fait en voyant l'attitude d'Evelyn. Ma fille est restée parfaitement maîtresse d'elle-même. Elle a même demandé des nouvelles de Douglas.

» Verna s'est alors lancée dans un éloge de son fils, comme toujours. Elle nous a dit que Douglas prenait des cours de photo et qu'il s'occupait d'un tas d'autres choses. Pour un peu, elle aurait proposé à Evelyn de reprendre la vie commune avec Douglas ; j'allais lui exposer ma façon de penser quand, soudain, je me suis dit qu'elle devait ignorer la vérité. Verna ne sait rien de son fils, elle ne sait toujours rien et reste pleine d'espoir, n'est-ce pas ?

— Je pense qu'elle espère toujours.

— Pauvre Verna, dit Mme Merrick. Je la plains. Surtout aujourd'hui.

— Pourquoi particulièrement aujourd'hui ?

— C'est son anniversaire… Je veux dire, l'anniversaire de Douglas.

9

La porte de Douglas était fermée à clef. C'était le seul moyen pour elle de savoir qu'il était rentré à un moment donné de la nuit, peut-être par choix, peut-être parce qu'il n'avait aucun autre endroit où aller.

Verna frappa et, d'une voix dure qui ne lui ressemblait pas, demanda :

— Douglas, es-tu réveillé ?

Un murmure indistinct parvint de la pièce.

— Douglas, poursuivit Verna, habille-toi et descends sur-le-champ. J'ai à te parler.

À la cuisine, la femme de ménage, une dame d'un certain âge prénommée Mabel, était assise, jambes croisées, devant la table, en train de boire du café et de lire le *Times*. Elle ne se leva pas en voyant entrer Verna.

— Il y a des muffins dans le four, dit-elle. Réchauffés, car ils sont d'hier. Vous voulez votre jus d'orange maintenant ?

— Je m'en occuperai moi-même.

— J'ai fait une liste de ce qu'il faut acheter. Nous manquons d'œufs et de café. J'ai besoin de café pour tenir toute la journée et il en reste à peine une tasse dans le pot.

— Bon, allez en acheter. Et, pendant que vous y êtes, vous pourrez faire le reste des emplettes. Nous avons besoin d'une demi-douzaine d'ampoules de cent watts et de serviettes en papier. Voyez aussi s'il reste des pommes de terre.

— Vous voulez que j'y aille maintenant, avant d'avoir mangé ?

— Je croyais que nous nous étions entendues à ce sujet. Vous deviez manger avant de venir travailler.

— Nous nous étions aussi entendues à propos *d'autre* chose.

— Vous serez payée cette semaine. J'attends un chèque au courrier d'aujourd'hui.

La femme de ménage partie, Verna ouvrit le four, y prit un muffin, le goûta. Il avait la consistance d'un morceau de caoutchouc. Elle versa de l'eau dans ce qui restait de café, fit réchauffer le tout, puis prit un pichet de jus d'orange dans le réfrigérateur et s'en servit un verre. Il avait le goût de moisi.

En entendant la vieille Dodge de la femme de ménage démarrer dans la cour, Verna pensa qu'elle serait bientôt obligée de la laisser partir. *Dès que j'aurai de quoi la payer. C'est vraiment gênant de devoir la garder car je ne peux pas me permettre de la renvoyer…*

Douglas descendit au moment où elle se versait une tasse de café. Il ne s'était pas habillé, comme elle le lui avait demandé, et portait son éternelle robe de chambre en tissu éponge et les non moins éternels mocassins indiens. Il avait l'air hagard et les cernes sous ses yeux étaient si accentués qu'ils faisaient penser à des coquards. Trois égratignures parallèles défiguraient son visage, depuis la tempe gauche jusqu'au coin de la bouche. Il essaya de les cacher avec sa main, mais le geste attira l'attention de Verna.

— Qu'est-ce que c'est ? demanda-t-elle.

— Un chat que je caressais.

Il s'assit sur sa gauche, de façon à ne pas montrer à sa mère sa joue blessée. Leurs coudes se touchèrent et Verna en ressentit comme une décharge électrique. Elle se leva, éprouvant un léger vertige, et se dirigea vers la cuisinière.

— Tu devrais manger, dit-elle. Il y a des muffins.

Il alluma une cigarette.

— Je n'ai pas faim...

— Et tu ne devrais pas fumer avant le petit déjeuner. Où es-tu allé, hier soir ?

— Je suis sorti.

— Tu es sorti et tu as rencontré un chat. Quelle soirée mémorable !

Il secoua la tête, l'air las.

— Je voudrais bien connaître la nature du chat que tu as caressé, poursuivit Verna.

— Un simple chat de gouttière.

— Un chat à quatre pattes ?

— La plupart des chats ont quatre pattes.

— Pas celui qui t'a griffé.

— Je ne sais pas ce que tu veux dire...

Il la regarda de ses yeux gris, pleins d'innocence.

— Tu n'as aucune raison de te fâcher, maman. Je suis allé me promener, hier soir, et j'ai rencontré ce chat. Je l'ai pris dans mes bras, pour le caresser, et il m'a griffé. Je t'assure que c'est la vérité.

— Eh bien, je ne te crois pas.

— Pourquoi es-tu de si mauvaise humeur, ce matin ?

— Tu ne le devines pas ?

— Bien sûr que si, je le devine.

— Dis-le-moi un peu, pour voir.

— Tu as essayé d'emprunter de l'argent à Helen et elle t'a envoyée promener.

— Erreur.

— Mabel t'a rappelé que tu lui devais un arriéré de salaire.

— Tu te trompes de nouveau.

— C'est sûrement quelque chose qui concerne l'argent.

— Pas cette fois.

Il se leva et se dirigea vers la porte.

— J'en ai assez de jouer aux devinettes. Je vais monter et…

— Rassieds-toi !

Il s'arrêta.

— Tu ne crois pas que je suis trop grand pour me laisser commander tout le temps…

— Assieds-toi, Douglas.

— Bon, bon…

Il obéit.

— Où es-tu allé, hier soir ?

— On ne va pas recommencer ?

— Si.

— Je suis allé me promener, c'était une belle soirée.

— Il pleuvait.

— Pas quand je suis sorti. La pluie a commencé à 22 heures.

— Et tu as poursuivi ta promenade ?

— Bien sûr !

— Jusqu'à ce que tu sois arrivé chez M. Terola ?

Il la fixa d'un regard haineux.

— C'est là que tu allais ? Dans une des pièces du fond du studio ?

Il se taisait toujours.

— À moins que ce ne soit pas chez Terola. À moins que ce ne soit chez quelqu'un d'autre. J'ai entendu dire que tes semblables n'étaient pas difficiles…

Elle avait serré les poings, s'étonnant que de tels propos sortent de sa bouche. Elle attendait sa réaction, de la colère peinte de déni.

Douglas continuait de se taire.

— Que se passe-t-il dans ce studio, Douglas ? J'ai le droit de savoir. Après tout, c'est moi qui paie tes prétendus cours de photo. Est-ce que tu suis vraiment des cours de photo ?

— Oui, répondit-il d'une voix sourde.

— Es-tu devant ou derrière l'appareil ?

— Je… je ne comprends pas ce que tu veux dire.

— Bien sûr que tu comprends. Je suis au courant.

— Au courant de quoi ?

— De la nature des photos de Terola. Pas le genre qu'on aimerait voir dans un album de famille, n'est-ce pas ?

— Je… je ne sais pas.

— Ne mens pas, Douglas. Tu poses pour ces photos, n'est-ce pas ?

Il secoua la tête. C'était le démenti qu'elle attendait, qu'elle espérait, mais maintenant qu'elle l'avait entendu, il lui paraissait tellement mince, tellement fragile qu'elle craignait qu'il ne se brise quelques secondes après avoir été prononcé.

— De qui tiens-tu tous ces renseignements ? s'enquit-il.

— Quelqu'un m'a téléphoné hier soir, après ton départ.

— Qui ça ?

— Je ne peux pas te le dire.

— Si de telles rumeurs circulent sur mon compte, j'ai le droit de savoir qui les colporte.

Elle s'agrippa à ce fétu de paille.

— Des rumeurs ? Tu en es sûr, Douglas ? Rien de tout cela n'est vrai ? Pas un mot ?

— Non.

— Oh ! merci mon Dieu ! Merci !

Elle se précipita vers lui, l'entoura de ses bras. Le corps de Douglas se raidit pendant qu'elle lui caressait les cheveux, qu'elle passait un doigt tremblant sur ses égratignures.

— Dougie, Dougie, murmura-t-elle, je suis désolée, je te demande pardon.

Ses bras s'enroulaient autour de lui comme deux serpents. Un sentiment de dégoût, de répulsion avait envahi Douglas. Il avait envie de crier.

— Dougie, mon chéri, tu ne peux pas savoir… Tu me pardonnes, dis…

— Oui.

— Je suis un monstre d'avoir un instant cru à tous ces mensonges. Car c'étaient des mensonges, n'est-ce pas ?

— S'il te plaît, fit-il avec effort. Tu m'étouffes, maman.

Il avait parlé si bas qu'elle n'entendit pas et continua de le serrer contre elle.

— Je n'aurais pas dû porter ces horribles accusations contre toi, Douglas, dit-elle. Tu es mon fils, et je t'aime.

— Arrête, arrête ! hurla-t-il.

Il s'arracha de ses bras et courut vers la porte. L'instant d'après, Verna l'entendit monter l'escalier quatre à quatre.

Elle demeura assise un long moment, statue de pierre, tête vide. Puis elle le suivit au premier.

Douglas était dans sa chambre, à plat ventre sur son lit. Elle ne s'approcha pas de lui, se contentant de rester debout à l'entrée de la pièce.

— Douglas...

— Va-t'en... Je me sens mal...

— Je m'en doute... Nous allons te soigner, je vais t'emmener chez un médecin...

Il poussa un gémissement. Des questions se pressaient sur les lèvres de Verna : Quand t'en es-tu aperçu ? Pourquoi n'es-tu pas venu me trouver, me dire la vérité ? Quel est celui qui t'a perverti ?

— Oui, fit-elle d'une voix ferme, nous irons trouver un docteur. Cela se soigne, je le sais. Aujourd'hui, on guérit tout, avec toutes ces drogues miracles, cortisone, ACTH et le reste.

— Tu ne comprends pas. Tu ne comprends *rien*.

— Explique-toi. Pourquoi m'accuses-tu de ne pas comprendre ?

— Je t'en supplie, laisse-moi tranquille.

— C'est vraiment ce que tu veux ?

— Oui, je te le demande.

— Très bien, fit-elle froidement. Je vais te laisser seul, alors. De toute façon, j'ai une petite course à faire.

Quelque chose, dans son intonation, alerta Douglas. Il roula sur le lit et se redressa.

— Quelle course ? fit-il d'une voix inquiète. Tu ne vas pas voir un médecin ?

— Non. C'est à toi d'y aller.

— Et toi, où vas-tu ?

— Moi, répliqua-t-elle, je vais rendre visite à Terola.

— Non, s'il te plaît…

— Il le faut. C'est mon devoir de mère.

— N'y va pas !

— Je veux le voir en face, ce monstre à figure humaine.

— Ce n'est pas un monstre, fit Douglas d'un ton las. Il est comme moi.

— Douglas ! N'as-tu donc aucun amour-propre, pas le moindre sens de la décence ? Défendre un individu comme ça devant ta propre mère ?

— Je ne le dé…

— Et le respect pour toi-même, Douglas, ta fierté, où sont-ils passés ?

Il aurait tant de choses à lui dire que les mots s'engorgèrent, et il ne dit rien.

— Je vais voir ce Terola et je lui dirai ma façon de penser. Il est intolérable qu'un homme de cette espèce soit en liberté. Il a dû pervertir d'autres jeunes que toi.

— Il ne m'a pas perverti.

— Si, Douglas, je le sais. C'est lui, le responsable. Sans lui, tu serais parfaitement normal. Je veillerai à ce qu'il paie cher…

— Maman, tais-toi !

Il y eut un long silence. Leurs regards se croisèrent. Verna avait l'impression de se trouver en face d'un étranger.

— Alors, fit-elle d'une voix sourde, Terola n'était pas le premier ?

— Non.

— Qui était-ce ?

— Je l'ai oublié.

— Quand cela s'est-il passé ?

— Il y a si longtemps que je ne m'en souviens plus.

— Et toutes ces années… toutes ces *années*…

— Toutes ces années, répétait-il doucement, meurtri.

Il ne l'entendit pas sortir, mais en relevant la tête, il vit qu'elle n'était plus là et que la porte était fermée.

Il se rallongea, écoutant le bruit de la pluie sur le toit, le piaulement d'un roitelet mécontent. Les sons étaient clairs, nets, définitifs : le souffle du vent dehors, le craquement des eucalyptus, le chien du voisin, la vieille Dodge de Mabel remontant l'allée, le tic-tac du réveil sur sa table de nuit. Tout cela lui était familier, mais il lui semblait qu'il ne l'avait jamais entendu auparavant. Chaque son devenait personnel et prophétique. Il était le roitelet et la pluie, le vent et les arbres. Il était séparé en deux, le masculin et le féminin.

Toutes ces années, paraissait dire le réveil. *Toutes ces années.*

Verna frappa et entra. Elle s'était habillée pour affronter la météo, imperméable rouge et casquette à visière.

— Mabel est de retour, dit-elle.

— Ah ?

— Parle plus bas. Elle pourrait t'entendre.

— De toute façon, je n'ai rien à dire.

— Peut-être auras-tu envie de parler le temps que je revienne.

— Tu ne vas pas voir Terola, tout de même ?

— Si.

— Je te demande de ne pas le faire.

— J'ai un certain nombre de questions à lui poser.

— Pose-les-moi, plutôt. J'y répondrai. Je te dirai ce que tu veux savoir.

— Cesse de geindre, Douglas. Ne crois pas que ça m'amuse d'y aller. Ne comprends-tu donc pas que je ne fais que mon devoir ? Je fais ce que ton père aurait fait, s'il était encore vivant. Cet homme, ce Terola, est un être vil, corrompu et pervers. Pourtant, tu essaies de le protéger. Pourquoi ? Tu viens de dire que tu répondrais à toutes mes questions. Pourquoi le protèges-tu ?

Il restait allongé, immobile, les yeux fermés, le visage couleur de cendre. Pendant une seconde, Verna crut qu'il se mourait. Elle ne ressentit aucune peine, se disant simplement que, s'il disparaissait, bien des problèmes se trouveraient résolus. Puis les lèvres de Douglas bougèrent :

— Tu veux savoir pourquoi je le protège ?

— Oui.

— Parce que je suis sa femme.

— Sa... qu'est-ce que tu as dit ?

— Je suis sa femme.

La bouche de Verna s'ouvrit puis se referma.

— Espèce de petit salaud ! dit-elle, les lèvres serrées. Espèce d'immonde petit salaud !

Il tourna la tête. Elle se tenait près du lit, les traits défigurés par la rage et le mépris.

— Maman, ne pars pas... ! Maman... !

— Je t'interdis de m'appeler ainsi. Tu n'es plus mon fils.

Elle se dirigea vers la porte d'un pas ferme, l'ouvrit.

— Au fait, j'oubliais. Bon anniversaire.

Resté seul, il se remit à écouter le tic-tac du réveil, le vent qui soufflait dehors, le bruit de la pluie. Quelques instants plus tard lui parvint celui des pneus crissants de la Buick de sa mère. Elle y va, pensa-t-il. Elle va voir Jack. Je n'ai pas pu l'en empêcher.

Il se leva et alla dans la salle de bains.

Depuis près d'un an, quasiment depuis son mariage avec Evelyn, il avait acheté des quantités de somnifères. Il avait mis de côté une bonne cinquantaine de pilules, maintenant, stockées dans un flacon portant une étiquette de sels aromatiques. Il en avala cinq sans difficulté, mais la sixième lui colla au palais et il ne put ingurgiter la septième. La couche de gélatine fondait dans sa bouche et le contenu des gélules – une poudre sèche et amère – l'étouffait. Il n'essaya même pas d'en prendre une huitième.

Il retira la lame de son rasoir mécanique et, debout au-dessus du lavabo, s'entailla le poignet gauche. La lame coupait mal et il ne réussit qu'à se faire une égratignure, mais la vue du sang lui donna la nausée. Il sentit ses genoux s'entrechoquer et le vide envahir sa tête.

Il voulut crier : « Au secours, maman ! », mais parvint juste à émettre un faible gémissement. Tout se brouilla devant ses yeux et il se trouva mal. La dernière impression qu'il eut de ce monde fut un craquement d'os. Dans sa chute, sa tempe avait touché le coin en saillie du lavabo.

10

Helen Clarvoe avait mal dormi et s'était levée tard. À 10 heures, elle achevait son petit déjeuner. En entendant frapper à la porte, elle crut que c'était le garçon qui venait reprendre le plateau.

— Je n'ai pas encore fini, dit-elle. Revenez un peu plus tard, s'il vous plaît.

— Helen, c'est moi, Paul Blackshear. Laissez-moi entrer.

Elle alla ouvrir, surprise du ton dramatique de son visiteur.

— Qu'y a-t-il ? demanda-t-elle.

— Votre mère a essayé de vous joindre, mais la société des téléphones a refusé de lui indiquer votre nouveau numéro, puisque vous avez demandé à ne pas figurer dans l'annuaire. Alors, elle m'a prié de vous prévenir.

— Pour m'annoncer que le déjeuner du Brown Derby avait été annulé, je suppose ?

— Le déjeuner a effectivement été annulé.

— En ce qui concerne mon cadeau à Douglas, elle n'a pas besoin de s'en faire. Je lui ai envoyé un chèque hier soir, il le recevra sûrement aujourd'hui.

— Il ne le recevra pas aujourd'hui.

— Pourquoi ?

— Asseyez-vous, Helen.

Elle s'approcha de la bergère près de la fenêtre, mais n'y prit pas place.

— De mauvaises nouvelles, je présume ? fit-elle. Vous n'êtes pas garçon de courses et même ma mère n'aurait pas eu le toupet de vous charger de m'annoncer l'annulation d'un repas d'anniversaire.

— Douglas est mort.

Elle crispa les poings.

— Comment est-ce arrivé ?

— Il a tenté de se suicider.

— *Tenté* ? Vous venez de dire qu'il est mort.

— Le médecin pense que votre frère a avalé quelques somnifères et qu'il s'est entaillé les veines du poignet. Mais un coup à la tempe a causé sa mort. Au moment où il tombait, évanoui, il a heurté le coin du lavabo.

Elle se tourna et regarda par la fenêtre, pour cacher non sa douleur, mais le petit sourire en coin qu'elle ne parvint pas à éviter. Pauvre Douglas, pensa-t-elle. Il aura tout raté, même son suicide.

— Je suis navré, Helen…

— Pourquoi le seriez-vous ? Si Douglas voulait mourir, ça le regardait.

— Je suis triste pour vous.

— Pourquoi enfin ?

— Ne ressentez-vous donc rien ?

— Pas grand-chose, je le crains.

— N'avez-vous pas de sentiments ?

— Ça m'arrive.

— Envers qui ?

— Rien ne vous autorise à me poser des questions de cette nature, monsieur Blackshear.

— Je m'appelle Paul.

— Je ne m'estime pas le droit de vous appeler ainsi.

— Pourquoi pas ?

— Je ne peux pas, c'est tout.

— Très bien...

— Je... (Elle recula et vint s'appuyer au mur, les mains dans le dos, à la manière d'une écolière gênée.) Comment ma mère a-t-elle pris la chose ?

— Lorsqu'elle m'a appelé, j'ai eu l'impression qu'elle était plus furieuse qu'autre chose.

— Furieuse contre qui ?

— Contre Evelyn Merrick.

— Je ne comprends pas. Qu'Evelyn a-t-elle à voir avec la mort de Douglas ?

— Votre mère l'en tient pour responsable.

— Pourquoi ?

— Evelyn lui a téléphoné, hier soir, et lui a révélé certains faits concernant Douglas et Jack Terola, l'homme qui était censé donner des cours de photo à votre frère. Je ne vous répéterai pas ce qui a été dit, mais vous pouvez me croire si je vous affirme que ce n'était pas joli. Ce matin, votre mère a vivement cuisiné Douglas sur ses fréquentations et le genre de vie qu'il menait, et il a admis une grande partie des faits. Elle voulait avoir une explication avec Terola et s'était même mise en route. J'ignore si elle l'a vu, mais elle affirme que non, qu'une fois arrivée devant la maison de Terola, elle a fait demi-tour. Entre-temps, la femme de ménage qui était montée chez Douglas pour faire la chambre avait trouvé votre frère et appelé le médecin. Malheureusement, il était trop tard. Votre mère est rentrée sur ces entrefaites. Elle a essayé de vous joindre, mais, n'y parvenant pas, elle m'a appelé et m'a prié de venir vous voir.

— Pourquoi enfin ?

— Le téléphone…

— Certes, mais elle me semble bien pressée. De quoi a-t-elle peur ? Que je n'envoie pas de couronne, pour l'enterrement ?

— Voilà que vous manquez de charité, Helen.

— Oui, je crains que vous n'ayez raison. Pardon. C'est la vie qui a fait de moi ce que je suis. J'ai trop bien appris un certain nombre de leçons.

— Il n'est jamais trop tard pour les désapprendre.

— Possible, mais ce ne sera pas facile.

— Je peux vous aider, Helen.

— De quelle façon ?

— En vous offrant ce qui a dû se montrer rare dans votre vie.

— Quoi ?

— Disons de la sympathie, de l'amour même.

— *De l'amour…*

Elle rougit, comme s'il l'avait giflée.

— Non, non, ce n'est pas vrai. Vous essayez juste de vous montrer gentil avec moi.

— Je n'essaie pas, déclara-t-il en souriant. Je suis sincère.

— Non, je ne veux pas de votre amour, ni de celui de personne. Je ne puis l'accepter. Cela… cela m'embarrasse.

— Bon, bon, ne vous fâchez pas. Je ne suis pas pressé, je peux attendre.

— Attendre quoi ?

— Que vous ayez oublié quelques-unes de ces leçons dont vous venez de parler.

— Et si j'échoue, si je ne les oublie jamais ?

— Vous pouvez y arriver, Helen. Promettez-moi simplement d'essayer.

— C'est bon, j'essayerai, murmura-t-elle. Mais je ne sais par où commencer.

— Vous avez déjà commencé.

Elle parut surprise et ravie à la fois.

— Vraiment ? Qu'ai-je donc fait ?

— Vous vous êtes souvenue d'Evelyn Merrick.

— Comment le savez-vous ?

— Vous en avez parlé tout à l'heure, en l'appelant Evelyn. Vous la rappelez-vous nettement, maintenant ?

— Oui.

— En vous téléphonant, l'autre soir, elle vous a accusée d'avoir toujours été jalouse d'elle, de l'avoir enviée. Avait-elle raison, Helen ?

— Oui.

— Mais ce n'est plus vrai, n'est-ce pas ?

— Non, je ne l'envie plus. Elle mérite surtout de la pitié.

— Oui, convint-il. Elle mérite notre pitié. Mais nous devons la surveiller. Elle est d'autant plus dangereuse qu'en apparence, elle donne l'impression d'être normale.

— Vous l'avez donc vue ?

— Pas encore. Je dois la voir ce soir. Mais j'en ai parlé avec votre mère, hier soir, avant qu'Evelyn ne lui téléphone. Et, ce matin, j'ai rendu visite à la mère d'Evelyn, Mme Merrick. Ni l'une ni l'autre ne savent que la jeune femme est folle. Il semblerait qu'elle souffre de double personnalité. D'un côté, c'est la fille respectueuse et aimante, polie avec les amies. Et même sympathique, aux yeux de votre mère, qui n'est pourtant pas facile à satisfaire.

— Je le sais.

— D'un autre côté, elle est tellement emplie de haine et d'esprit de vengeance qu'elle n'a qu'un but dans l'existence : détruire – moralement, s'entend – le plus de personnes possible en les dressant les unes contre les autres. Elle ne participe pas à la lutte. Elle jette l'os et laisse les chiens se battre. Et, généralement, elle connaît les points faibles des gens qu'elle attaque.

Helen songeait à sa mère et à Douglas. À la façon dont ils s'étaient battus au fil des ans, non comme des chiens, ou des boxeurs sur un ring, mais comme des guérilleros traqués dans une forêt profonde. Evelyn y avait lancé une fusée géante, illuminant les arbres et les sous-bois, poussant l'ennemi à sortir à découvert.

Pauvre Douglas. Il a toujours été un petit garçon, il n'aurait jamais pu grandir dans une forêt profonde et sombre.

— Je lui ai envoyé un chèque pour son anniversaire, dit-elle d'une voix étouffée. Si je l'avais fait plus tôt…

— Cela n'aurait rien changé, Helen. Le médecin a trouvé plus de quarante cachets dans la pharmacie de Douglas. Apparemment, votre frère projetait de se supprimer depuis quelque temps déjà.

— Mais pourquoi ma mère tient-elle Evelyn pour responsable ?

— Parce qu'à ses yeux, il y a une personne responsable, et ce ne peut être elle-même.

— Non, dit Helen, en pensant à sa mère, elle aussi était piégée dans la même forêt que Douglas. Il aurait fallu les tirer de là des années plus tôt, se dit-elle, mais papa était beaucoup trop sévère et moi, j'étais perdue.

Elle enfouit son visage dans ses mains et sentit des larmes chaudes couler entre ses doigts.

— Ne pleurez pas, Helen.

— On aurait dû les aider, ma mère, Douglas…

Elle leva la tête et fixa Blackshear. D'avoir pleuré avait adouci son visage.

— Ça fait des années qu'on aurait dû les aider.

— Je sais.

— Et maintenant, il est trop tard. Douglas est mort et ma mère… Peut-être est-il même trop tard pour moi.

— Ne dites pas des choses pareilles.

— Je voudrais bien, mais c'est plus fort que moi. D'ailleurs, je le sens. J'ai vécu ma vie et je n'attends plus que le moment fatal, comme Douglas avec ses pilules. Je ne sais combien de temps je tiendrai encore. Peut-être suffira-t-il d'un autre coup de téléphone…

— Assez, Helen…

Il essaya de la prendre dans ses bras, mais elle se raidit et se dégagea. Il n'insista pas, ce n'était pas le moment, et ce ne le serait peut-être jamais. Il partit s'installer à l'autre bout de la pièce, devant le secrétaire, et observa Helen : ses muscles se détendaient, sa respiration se faisait moins saccadée, elle retrouvait des couleurs. Il se demanda s'ils étaient voués à rester ainsi, à une pièce de distance l'un de l'autre.

— Je vous demande pardon, dit-elle. Je ne voulais pas vous offenser. Vous… vous êtes vraiment très gentil, Paul. Je vous remercie.

— Allons donc ! Je ne suis pas gentil, mais sincère.

— Je suppose que, maintenant, il va me falloir retourner à la maison et rester auprès de ma mère. N'est-ce pas ?

— C'est ce qu'elle attend de vous, oui.

— Alors, je vais me préparer. Si vous voulez bien m'excuser…

— Je vais vous y conduire, Helen.

— Non, ne vous donnez pas cette peine. Je vais faire appeler un taxi. Je ne veux pas vous causer de dérangement, ni vous arrêter dans votre enquête.

— Mon enquête, comme vous l'appelez, est virtuellement terminée. Vous m'aviez demandé de retrouver Evelyn Merrick, et je l'ai fait.

— Et vous pensez que c'est fini, que vous n'avez plus rien d'autre à faire ?

— Que voulez-vous que je fasse d'autre ?

— Un homme est mort, déclara-t-elle calmement. Evelyn ne va pas s'arrêter en si bon chemin. Au contraire, la mort de Douglas va l'encourager, lui donner un sentiment de puissance.

Blackshear en était venu à cette conclusion, lui aussi, mais il n'avait pas voulu faire peur à Helen en l'exprimant tout haut.

— C'est possible, reconnut-il.

— D'où tenait-elle ses renseignements concernant Douglas ?

— De Terola, je suppose.

— Vous voulez dire qu'ils seraient complices... ? Maîtres-chanteurs ?

— Terola se proposait peut-être de faire chanter quelqu'un, mais Evelyn, elle, a besoin de satisfactions autrement plus complexes que l'argent.

— Mais vous pensez qu'ils étaient complices ?

— Oui. Lorsque je suis allé voir Terola, celui-ci s'est montré très évasif, mais j'ai eu la nette impression qu'il connaissait Evelyn bien mieux qu'il ne le prétendait.

— Ainsi donc, s'il y a des preuves contre elle, elles seraient en la possession de Terola ?

— Des preuves de quoi ?

— Des preuves qui permettraient de la faire interner. Jusqu'à présent, elle n'a rien fait qui justifie l'ouverture d'une enquête. Dans le cas de Douglas, elle n'a même pas menti. On ne peut l'arrêter ou l'attaquer en diffamation pour avoir téléphoné à une mère et lui avoir révélé la vérité concernant son fils. Et pourtant, dans une certaine mesure, elle est moralement responsable de la mort de mon frère. Il faut l'empêcher de poursuivre, Paul… (Elle détourna le visage). Je pourrais être la prochaine sur la liste.

— Ne dites pas de sottises, Helen. Elle ne peut plus vous téléphoner puisque vous avez fait installer une ligne privée, dont le numéro n'est communiqué à personne. Et si elle vient sonner à votre porte, vous n'avez qu'à ne pas lui ouvrir.

— Elle trouvera bien un moyen. Elle essayera de m'atteindre autrement. Je sens… je sens qu'elle m'attend au tournant.

— Où ça ?

— Je ne sais pas.

— Si vous ne vous sentez pas le courage de sortir seule, laissez-moi vous conduire chez votre mère.

Elle secoua la tête.

— Je préfère que vous alliez voir Terola. Annoncez-lui que Douglas est mort, forcez-le à parler, à vous donner des renseignements susceptibles d'être utilisés devant un tribunal.

— Voilà qui ne sera pas facile, Helen. Même s'il connaît bien Evelyn, même s'ils sont complices, il ne va pas me raconter tout ça, car ce faisant, il s'incriminerait lui-même.

— Vous pouvez toujours essayer, non ?

— Je peux évidemment essayer…

Il attendit pendant qu'elle s'habillait dans la salle de bains. Lorsqu'elle en revint, elle portait un manteau de laine gris foncé et un chapeau noir rabattu sur son front. Elle semblait tout droit sortie du siècle dernier.

— Helen…
— Oui ?
— Me permettez-vous de faire une observation de caractère personnel ?
— Vous le feriez de toute façon. Allez-y.
— Vous avez besoin de nouveaux vêtements.
— Vraiment ? fit-elle d'un ton indifférent. Je n'attache aucune importance à ce que je porte.
— Il est temps que vous commenciez.
— Pourquoi ?
— Parce que vous et moi, nous allons commencer à sortir.
Elle sourit, d'un air protecteur, comme une mère qui entendrait une plaisanterie de son petit garçon.
Ils prirent l'ascenseur et traversèrent le hall sous les yeux étonnés de M. Horner, le réceptionniste, et de June Sullivan, la standardiste, qui échangèrent regards et sourires entendus.
— Ma voiture est garée à deux pas d'ici, dit Blackshear. Vous ne voulez vraiment pas que je vous conduise chez votre mère ?
— Ce n'est pas nécessaire.
— En ce cas, je vous rendrai visite plus tard.
— Je crains que l'atmosphère ne soit pas particulièrement réjouissante, là-bas. À votre place, je ne viendrais pas.
— Voulez-vous que j'aille vous chercher un taxi ?
— Le portier s'en chargera.
— Bon. Au revoir, Helen. À bientôt.
— Au revoir.
Comme elle l'avait prévu, Evelyn Merrick l'attendait au coin de la rue.

11

Le vent avait chassé la tempête vers le large et les rues, plutôt calmes une demi-heure auparavant, s'animaient à présent que la pluie avait cessé. Les gens marchaient d'un pas vif sur les trottoirs, des fourmis patrouillant après l'orage, mais sur la chaussée, la circulation était presque au point mort.

Il fallut dix minutes à Blackshear pour sortir sa voiture du parking et trente de plus pour atteindre Vine Street, où se trouvait le studio de Jack Terola.

Le studio n'avait pas changé depuis sa première visite, mais on avait dû faire récemment du feu dans la cheminée car un tas de débris calcinés fumait encore dans l'âtre. Outre la fumée, la pièce sentait le café et le parfum. L'odeur de ce dernier étonna Blackshear. Il en localisa rapidement la source. La jeune fille qu'il avait vue, Nola Rath, était assise dans le fauteuil à pivot, derrière le vieux bureau à tambour qui la cachait à moitié. Elle semblait dormir, la tête rejetée en arrière. Une épaisse couche de maquillage recouvrait son visage et faisait penser à un masque. Cela lui donnait l'air beaucoup plus âgée que la fois précédente.

Blackshear s'approcha d'elle sur la pointe des pieds, ne sachant trop que faire.

— Mademoiselle Rath…, fit-il à mi-voix.

Lentement, comme si cet effort lui faisait mal, elle ouvrit les yeux. Puis regarda le visiteur d'un air absent. Un instant, Blackshear crut qu'elle était sous l'emprise de quelque stupéfiant.

— Désolé de vous avoir réveillée, s'excusa-t-il.

— Je… je ne dormais pas…

Sa voix, comme son regard, était inexpressive. Elle porta la main à son cou.

— Vous ne vous sentez pas bien, mademoiselle Rath ?

— Mais si-i-i…

— Laissez-moi vous apporter un verre d'eau.

— Non. Pas d'eau… (Elle remua dans le fauteuil qui craqua.) Vous feriez mieux de quitter cet endroit.

— Je viens d'arriver.

— Ça ne fait rien, je vous conseille de partir.

— Je voudrais voir M. Terola. Est-il là ?

— Il ne vous verra pas. Il ne verra personne.

— S'il est trop occupé maintenant, je peux revenir.

— Il n'est pas occupé.

— Est-il malade ou quoi ?

— Il n'est pas malade… Il est autre chose.

Elle se mit à secouer la tête, régulièrement, à la façon d'un métronome.

— Ça fait un siècle que je suis ici, à ne savoir que faire. Je devrais m'en aller, mais je n'en ai pas la force…

— Mais… Dites-moi, qu'est-il arrivé ?

Elle ne répondit pas, mais son regard indiqua l'alcôve. Blackshear alla tirer les rideaux puis fit un pas en arrière.

Terola gisait sur le lit, une paire de ciseaux enfoncée dans la gorge. Un drap sale et une couverture tachée de sang recouvraient la partie inférieure de son corps. La partie supérieure était vêtue d'un tricot. Du café, dans une casserole posée sur le réchaud électrique, achevait de s'évaporer. À en juger d'après le décor, Terola avait dû se lever pour mettre son café à chauffer, puis s'était recouché pour quelques instants. Quelques instants durant lesquels il avait eu une visite.

Quelle qu'ait été l'identité du visiteur, sa venue n'avait certainement pas surpris Terola. À l'exception du sang et des ciseaux, il n'y avait dans l'alcôve aucune trace de violence ni de lutte. Le photographe n'était même pas décoiffé. Les rails de ses fines mèches gris acier lui traversaient sagement le crâne. Ou bien il connaissait son assassin, ou bien celui-ci avait agi si vite que la victime n'avait pas eu le temps de réagir. À moins, bien entendu, qu'il n'ait été tué en plein sommeil.

Les ciseaux étaient enfoncés presque jusqu'à la garde et le meurtrier avait frappé avec autant de force que de précision.

De son vivant déjà, Terola était peu avenant. Dans la mort, il semblait monstrueux. Blackshear se surprit à se demander par quelle inexplicable aberration un jeune homme de bonne famille comme Douglas s'était acoquiné avec un pareil individu.

Sans toucher à rien, il revint vers Nola Rath.

— Avez-vous appelé la police ? s'enquit-il.

Elle battit des paupières.

— La police ? Non.

— Est-ce vous qui avez tué Terola ?

— Mon Dieu, non ! Comment aurais-je pu ? Nous étions amis, il m'a fait travailler alors que je crevais de faim. Il me traitait bien, ne me battait jamais, comme je l'ai vu faire avec certaines autres personnes.

— Vous l'avez trouvé comme il est maintenant ?

— Oui, quand je suis venue poser.

— Quand êtes-vous arrivée ?

— Il y a un quart d'heure, vingt minutes peut-être. Il m'avait dit de venir à midi, mais j'arrive toujours un peu en avance, pour me préparer.

— La porte n'était-elle pas fermée à clef ?

— Non. Jack ne la ferme... je veux dire, ne la fermait jamais, à moins qu'il ne s'absente.

— Dormait-il toujours ici ?

— Non. Avec sa mère et son frère, il était propriétaire d'un petit ranch dans la vallée où ils cultivaient des avocats. Mais Jack n'y était pas très attaché et restait souvent ici.

Elle prit un mouchoir et se tamponna les yeux.

— Oh, mon Dieu ! je ne peux croire qu'il soit mort. Il m'avait promis de s'occuper de moi. Il me prédisait un bel avenir. Il disait qu'avec un peu de chance et pas mal de publicité, j'étais promise à une belle carrière. Et il m'avait juré qu'il s'occuperait de la publicité.

— Eh bien, déclara Blackshear, il a tenu sa promesse.

— Comment ça ? Non, il n'a pas eu le temps. Que voulez-vous dire ?

— Maintenant, mademoiselle Rath, vous aurez toute la publicité que vous pouvez souhaiter. Peut-être même plus.

Sa réaction ne fut pas celle à laquelle il s'attendait.

— Bon Dieu, vous avez raison ! s'écria-t-elle. Il va y avoir des photographes et des journalistes. Je vais avoir ma photo dans les journaux. De quoi ai-je l'air ?

— Superbe.

— J'y pense : je pourrais peut-être écrire un article pour la presse du dimanche ? J'expliquerais combien Jack se montrait gentil avec moi, alors qu'il traitait les autres comme des cloportes. Ce clochard de Terola haï par tous s'était mis en quatre pour une orpheline sans le sou. Qu'est-ce que vous dites de ça ?

— Êtes-vous orpheline, mademoiselle Rath ?

— Je pourrais l'être, fit-elle avec un petit sourire cynique. Je pourrais être n'importe qui, n'importe quoi, suivant l'enjeu.

— Même une menteuse ?

— Oh ! ça ? Bien sûr !

— Vous n'avez pas encore téléphoné à la police ?

Elle haussa les épaules.

— Non. Mais je le ferai. Dès que vous serez parti.

— Pourquoi voulez-vous que je parte ?

— Votre présence gâcherait tout. Mon avenir dépend de ça. Il faut que tout soit au poil, vous comprenez ?

— Non.

— Eh bien, essayez de vous représenter la scène. J'arrive, je commence à me déshabiller, puis je découvre soudain que Jack a été assassiné. Alors, je pousse un grand cri et, à moitié nue, je me précipite dans la rue, pour appeler au secours. Vous voyez la scène ?

— Comme si j'y étais.

— Alors vous comprenez maintenant que votre présence serait une catastrophe pour moi…

Elle se leva et s'approcha de lui.

— Je n'ai pas tué Jack. Et je vous promets de ne toucher à rien. Maintenant, soyez gentil et allez-vous-en. J'ai bien besoin d'un peu de chance. Rendez-moi ce service.

— Vous pensez vraiment que c'est un service à vous rendre ?

— Oui. Car jamais une telle occasion ne se représentera. Allons, partez.

— Après que vous aurez appelé la police.

Elle décrocha le téléphone et composa le numéro. Avant même qu'on lui ait répondu, elle avait commencé à dégrafer sa robe.

Blackshear sortit et se dirigea vers sa voiture. Il aurait volontiers attendu, au volant, la sortie de Nola, ses cris pour ameuter tout le quartier. Mais il avait des choses plus importantes à faire. Verna Clarvoe lui avait dit qu'elle avait eu l'intention d'aller voir Terola. Avait-elle, malgré ses dénégations, réussi à parler avec ce dernier ? Ou bien, désespérant de faire entendre raison au séducteur de son fils, avait-elle préféré le supprimer ? D'autres personnes avaient peut-être des raisons de tuer le photographe, mais celles de Verna Clarvoe lui semblaient particulièrement solides. En elle, l'amour et la haine avaient fusionné puis explosé comme deux masses critiques d'uranium. Douglas était mort dans l'explosion, Terola pouvait être la deuxième victime de cette réaction en chaîne.

12

Une femme de ménage aux yeux rouges lui ouvrit la porte.

— Je voudrais voir Mme Clarvoe, dit Blackshear.

— Elle ne reçoit personne. Il y a eu un accident, répliqua-t-elle.

— Je suis au courant, mais j'ai quelque chose d'urgent à lui dire.

— Qu'y a-t-il de plus urgent que d'être autorisé à rester seul avec son chagrin ?

— Comment vous appelez-vous ?

— Mabel.

— Mabel, voulez-vous s'il vous plaît annoncer à Mme Clarvoe que Paul Blackshear est ici, pour l'entretenir d'une question importante.

— Bon, je veux bien, mais je vous préviens, elle vit quelque chose d'affreux. Lorsque le corbillard est venu enlever le corps, elle a poussé des cris comme je n'en avais jamais entendu de ma vie. Je craignais même que ça ne lui fasse éclater un vaisseau dans la gorge. Elle a téléphoné à je ne sais qui et n'arrêtait pas de fulminer contre une certaine Evelyn. C'était violent.

— Le médecin ne lui a-t-il pas administré un calmant ?

— Sûr, il lui a donné des pilules. Mais des pilules, ça ne remplace pas un fils.

Elle ouvrit la porte plus grand et laissa Blackshear entrer dans le hall.

— Je vais monter pour vous annoncer, mais je ne vous garantis pas qu'elle descendra.

— Mlle Clarvoe est-elle déjà arrivée ?

— *Mlle* Clarvoe ?

— La sœur de Douglas.

— Je ne savais même pas qu'il avait une sœur. Personne, ici, n'a jamais parlé d'elle.

— Elle devrait arriver d'un instant à l'autre, fit Blackshear. Au fait, quand elle sera là, ne lui dites pas qu'on ne parlait pas d'elle dans la maison.

— Comme si j'étais capable de faire une chose pareille. Va-t-elle rester ici ? Je veux dire, vivre, dormir et manger ici ?

— Je l'ignore encore.

— En tout cas, je n'ai jamais servi dans une maison aussi bizarre que celle-là.

— Je m'en doute.

— Vous voulez attendre au petit salon ?

— Je vais aller dans le grand, ne vous dérangez pas, je connais le chemin.

La pièce sentait le feu qu'on y avait fait flamber la veille. Elle sentait également la pluie. Quelqu'un avait commencé à faire le ménage, mais s'était arrêté avant d'avoir fini. Un aspirateur était dressé contre le sofa, les cendriers n'avaient pas été vidés et un chiffon traînait sur le rebord de la cheminée.

Verna Clarvoe entra d'un pas incertain, comme si elle remontait un cours d'eau trop puissant pour elle. Ses yeux étaient tellement gonflés qu'on les voyait à peine, et il y avait des écorchures près de sa bouche, comme si elle s'était griffée dans un accès de douleur.

Elle prit la parole en premier.

— Surtout, prévint-elle, ne dites pas combien vous êtes désolé. Tout le monde le dit, et personne n'y croit, personne ne le pense. D'ailleurs, même si vous étiez *vraiment* désolé, quelle importance ? Ce n'est pas cela qui me rendrait mon fils...

Elle s'effondra sur une chaise.

— Ne me regardez pas. Je sais que j'ai les yeux gonflés. C'est toujours comme ça, quand j'ai beaucoup pleuré. Et je ne sais plus où j'ai mis mes gouttes. (Elle frissonna.) Mon Dieu, ce qu'il fait froid ici !

Blackshear alla fermer la porte-fenêtre qui donnait sur le jardin.

— J'ai vu Helen, annonça-t-il en revenant. Elle a proposé de revenir à la maison.

— *Proposé* ?

— Oui...

Ce n'était pas faux, au fond.

— Elle aurait dû arriver il y a une demi-heure.

— Elle a peut-être changé d'avis.

— Je ne le pense pas.

— Pourquoi n'est-elle pas venue avec vous ?

— J'avais quelques affaires à régler, avant. Ça vous concerne, madame Clarvoe. Si vous vous sentez mieux, je crois que je ferais aussi bien de vous en parler maintenant.

— Je vais mieux.

— Terola est mort.

— J'en suis ravie.

— Avez-vous bien entendu ce que j'ai dit, madame Clarvoe ?

— Vous avez dit que Terola était mort. Et moi, je vous ai répondu que j'en étais ravie. Cela vous surprend ? J'espère qu'il a souffert, terriblement souffert.

— Je ne crois pas. Il a dû mourir sur le coup.

— Comment est-il mort ?

— On l'a poignardé avec des ciseaux.

— Il a été assassiné ?

— Oui.

Elle sourit.

— Eh bien c'est encore mieux, dit-elle.

— Madame Clarvoe…

— Il a dû avoir peur, avant de mourir. Il a dû ressentir la terreur. Vous avez dit qu'il n'avait pas souffert. Je suis persuadée du contraire. Avoir peur, c'est souffrir. Des ciseaux ! J'aurais voulu assister à sa mort ! J'aurais voulu être là.

— Et moi, fit froidement Blackshear, je voudrais bien que vous puissiez prouver que vous n'y étiez pas.

— Quelle remarque idiote !

— Peut-être, mais il fallait la faire.

— Je vous ai dit au téléphone que j'étais sortie avec l'intention de voir Terola, mais que j'avais changé d'avis avant de l'avoir vu.

— Êtes-vous allée jusqu'au studio ?

— Oui.

— Mais vous n'y êtes pas entrée ?

— Non. L'endroit paraissait tellement sordide que je n'ai pas osé.

— Êtes-vous allée jusqu'à la porte ?

— Non, je ne suis même pas descendue de voiture. Il y avait une place de livraison juste devant, je m'y suis arrêtée.

— Combien de temps êtes-vous restée là-bas ?

— Quelques minutes à peine.

— Quelqu'un vous a-t-il vue ?

— J'étais là, quelques personnes m'ont probablement aperçue.

— Quelle voiture aviez-vous prise ?

— Ma Buick, conduite intérieure noire, modèle 1955. Il y en a des centaines comme ça, en ville, si c'est cela que vous voulez dire.

— C'est exactement ce que je veux dire.

— Je n'ai pas filé à toute allure dans une Ferrari rouge. Il n'y avait aucune raison qu'on me prête une attention particulière.

— Espérons que vous ne vous trompez pas.

— Et si je me trompe ?

— Si vous vous trompez, expliqua patiemment Blackshear, la policc voudra certainement vous interroger. Vous aviez toutes les raisons de haïr Terola.

— Si je devais tuer tous ceux que je n'aime pas, les gens mourraient comme des mouches dans un rayon de cinquante kilomètres.

— Je ne le crois pas, madame Clarvoe.

— Oh, arrêtez de jouer au psychologue. Vous me connaissez bien mal. Vous ne me comprenez pas. Je me consume de haine, c'est plus fort que moi. On m'a dupée, déçue, trompée. Tout le monde m'a laissée tomber. Tout le monde. Harrison, Douglas, ces deux-là n'ont plus de soucis à se faire. Moi, je suis celle qui reste, comme toujours.

Une voiture s'arrêta devant le perron dans un crissement de freins. Tous deux l'entendirent en même temps, Verna avec crainte, Blackshear avec soulagement. Jusqu'à maintenant, il s'était demandé si Helen allait vraiment tenir sa promesse.

— C'est probablement Helen, dit Verna. Je ne sais que lui dire, je ne sais quelle attitude adopter. On ne s'est pas vues depuis si longtemps que nous sommes devenues deux étrangères.

— Alors conduisez-vous comme telles. Les étrangères, au moins, sont polies entre elles.

Blackshear se leva et alla jusqu'à la fenêtre. Une femme aux cheveux cendrés, en tailleur noir et blanc, était en train de régler le chauffeur du taxi. Lorsque le véhicule fut parti, elle se tourna vers la maison et l'examina longuement, s'assurant qu'elle était à la bonne adresse. Ses yeux se posèrent sur Blackshear et elle le reconnut. Au lieu de se diriger vers l'entrée, elle alla vers la porte-fenêtre. Pressentant des complications, Blackshear sortit dans le jardin.

— Bonjour, madame Merrick.

Elle arborait une mine tendue, hostile.

— Elle est ici ? s'enquit-elle avec un geste de la tête.

— Oui.

Elle fit un pas en avant, mais il l'attrapa par le bras et la retint.

— Attendez un instant, madame Merrick...

— Le plus tôt sera le mieux, répliqua-t-elle. Lâchez-moi.

— Je vous lâcherai après que vous m'aurez dit ce que vous avez l'intention de faire.

— Vous avez peur que j'étrangle cette garce ? Rassurez-vous, je ne le ferai pas, mais ce n'est pas l'envie qui me manque.

Il la lâcha, mais elle ne bougea pas.

— Ce n'est pas l'envie qui me manque, répéta-t-elle. Les choses qu'elle a dites au sujet d'Evelyn ! Des choses terribles, incroyables. Je ne l'oublierai jamais. Aucune mère ne l'oublierait.

— Quand vous a-t-elle dit tout ça ?

— Il y a moins d'une heure. Elle a téléphoné à mon bureau, vous rendez-vous compte ! Dieu sait qui a pu l'entendre, tellement elle criait fort. Elle a porté d'atroces accusations contre Evelyn, des accusations si viles que je n'ose pas les répéter. Elle disait qu'elle rendrait à Evelyn la monnaie de sa pièce. Je ne comprends pas. Ma fille s'est toujours montrée parfaitement polie avec elle. Puis elle a déclaré qu'Evelyn était une meurtrière, qu'elle avait tué Douglas. J'ai raccroché, mais elle a rappelé sur-le-champ et j'ai dû l'écouter car si j'avais de nouveau raccroché, elle aurait continué de sonner. Lorsqu'elle a eu fini, j'ai demandé à mon patron de m'accorder le reste de la journée, et me voilà. Je veux aller au fond des choses.

— Le moment n'est peut-être pas très bien choisi.

— Possible mais, comme je le disais, le plus tôt sera le mieux. Je veux savoir pourquoi elle a ainsi accusé ma fille. Je comprends qu'elle soit folle de chagrin, mais pourquoi s'en prendre à Evelyn ? Elle n'a jamais fait de mal à personne. C'est parfaitement injuste de s'en prendre à elle. Elle n'était pas là pour se défendre, mais moi, sa mère, je prends sa défense. Et n'essayez pas de me retenir, monsieur Blackshear. *Je vais voir Verna Clarvoe.*

Il la suivit des yeux.

Les deux femmes se fusillèrent longuement du regard.

— Si vous êtes venue exiger des excuses, déclara enfin Verna d'un ton rauque, vous vous êtes dérangée pour rien. On ne s'excuse pas de dire la vérité.

— Je désire une explication, pas des excuses.

— Je vous ai tout expliqué.

— Vous ne m'avez rien expliqué.

— J'ai rendu à Evelyn la monnaie de sa pièce. La vérité.

Verna porta les doigts à ses paupières gonflées. Elles étaient brûlantes.

— Elle m'a téléphoné hier soir. Au début, elle s'est montrée charmante. Puis elle a commencé à parler de Douglas, de la vie qu'il menait, des amis qu'il fréquentait. Elle m'a dit des choses terribles, sordides. Avec des mots infâmes. Je ne supposais pas qu'une fille comme Evelyn puisse même comprendre des choses aussi viles. Voilà toute l'explication, madame Merrick.

— Vous ne parlez sûrement pas d'Evelyn, de *mon* Evelyn.

— Pourquoi pas ? fit Verna en serrant les poings. Elle parlait bien de *mon* Douglas.

— Je ne vous crois pas. Evie n'aurait jamais fait une telle chose. Elle a peut-être songé à se venger de Douglas aussitôt après le mariage, mais c'est fini depuis longtemps. Elle lui avait presque pardonné. Vous l'avez d'ailleurs sûrement remarqué, hier, lorsque vous nous avez rencontrées. Elle s'est montrée très gentille.

— Je n'ai pas l'intention de discuter, je suis trop fatiguée pour cela. Je vous ai simplement dit ce qui s'était passé.

— Vous devez vous tromper... Admettez au moins que vous puissiez vous tromper.

— C'est parfaitement impossible.

— À quelle heure avez-vous reçu ce coup de téléphone ?

— Vers les 22 heures.

— Là, vous voyez ! Vous faites erreur. Evie a passé la soirée d'hier avec des amis. Ils avaient des billets pour aller au Biltmore Bowl.

— C'est Evelyn qui m'a téléphoné. J'ai reconnu sa voix. De toute façon, personne d'autre, aucune autre femme, n'aurait été au courant de détails aussi intimes concernant Douglas.

— Ces choses, comment savez-vous qu'elles sont vraies ?

— Parce qu'il a tout avoué… Oui, mon fils a tout avoué. Et puis, il s'est tué. Dougie… Dougie est mort. C'était son anniversaire. Nous avions projeté un déjeuner. Oh ! mon Dieu, allez-vous-en, laissez-moi tranquille !

— Madame Clarvoe, écoutez-moi.

Verna se boucha les oreilles.

— Non, non, non…

— Je voudrais vous aider.

— Allez-vous-en. Mon fils est mort !

Mme Merrick s'en alla par le même chemin et traversa le jardin. Blackshear l'y attendait, le col de son veston relevé pour se protéger du vent.

— Je vais vous ramener à votre travail, madame Merrick, dit-il.

— Non, merci. Allez plutôt rejoindre Mme Clarvoe. (Elle enfila ses gants.) Au moins mon Evelyn est en vie. Peu importe ce qu'elle a fait, elle est vivante, Dieu merci.

13

Elle avait lavé le sang sur ses vêtements dans les toilettes de la bibliothèque publique. Maintenant que la tache était sèche, même si le vent ouvrait son manteau, les passants ne devineraient pas que du sang avait giclé sur son chemisier.

Elle referma le livre qu'elle avait fait semblant de lire depuis une heure. Elle ne connaissait personne, dans cet endroit, et personne ne la connaissait. N'empêche, il était dangereux de demeurer trop longtemps à la même place car, par moments, son cerveau cliquetait haut et fort, à la façon d'un métronome, et les espions pouvaient deviner, en en découvrant la fréquence, à quoi elle pensait.

Un de ces espions était un vieil homme assis à une table à côté du bureau d'information, à moitié caché derrière un vieux numéro de l'*U.S. News and World Report*, qui faisait mine d'être plongé dans sa lecture. Mais sa façon de pencher la tête le trahissait. Elle se mit à chantonner, pour brouiller la fréquence de ses pensées. Le vieil homme baissa le magazine et lui jeta un coup d'œil peu amène, furieux, visiblement, d'avoir été démasqué.

Elle se leva et, en passant près de lui, se pencha et dit tout bas :

— Inutile de me suivre, ça ne vous mènerait à rien.

Puis, tête haute, elle se dirigea vers la porte en resserrant son manteau.

Elle avait de nouveau triomphé d'un ennemi. N'empêche, cette histoire de pensées qui faisaient tic-tac dans sa tête était ennuyeuse. Le bruit variait avec l'intensité de ses idées, et pouvait devenir assourdissant. Alors il la submergeait, et elle avait l'impression de devenir folle.

Folle. Un mot à ne pas employer à la légère. Terola l'avait fait, lui.

Elle descendit les marches de la bibliothèque et se retrouva dans la rue. Tout en marchant, elle songeait au photographe. Elle avait été parfaitement correcte, parfaitement polie avec lui. Il n'avait aucune raison d'agir comme il l'avait fait.

Il lui avait ouvert vêtu d'un pantalon de pyjama rayé et d'un maillot de corps.

— *Bonjour, monsieur Terola.*

— *Qu'est-ce que vous voulez,* vous ?

— *Je passais juste vous dire bonjour…*

— *Alors, c'est fait. Filez maintenant. J'ai la gueule de bois.*

Il voulut refermer la porte, mais elle fut plus rapide que lui.

— *Je pourrais vous faire du café, monsieur Terola.*

— *Ça fait des années que je m'en fais tout seul.*

— *Vous verrez comme vous aimerez celui que je vais vous préparer.*

Il haussa les épaules et, bâillant, la précéda jusqu'à l'alcôve. Tout en s'asseyant sur le lit, de la main, il lui indiqua le réchaud électrique avec la casserole posée dessus. Elle brancha la prise et alla remplir la casserole d'eau.

— Qu'est-ce qui me vaut ce comportement d'ange bienfaiteur ? s'enquit-il.

— J'aime rendre service à un de mes amis, de temps à autre.

— En échange de quoi, vous vous attendez à ce que l'ami en question vous en rende un à son tour.

— S'il le faisait, ce serait gentil de sa part.

— Où voulez-vous en venir ?

— Ces photos que vous aviez prises de moi, je voudrais que vous les détruisiez, que vous les brûliez.

— Pourquoi ?

— Elles ne me rendent pas justice.

Ses sourcils se froncèrent telles deux chenilles noires et touffues.

— Et alors ? fit-il.

— Brûlez-les et prenez-en d'autres. De bonnes, comme celles qu'on voit dans les expositions de photos.

— Écoutez-moi, Elaine, Eileen, quel que soit votre nom...

— Evelyn.

— Écoutez-moi, Evelyn, rentrez chez vous, comme une brave petite fille, et je vais réfléchir à ce que vous me proposez.

— Vous voulez simplement vous débarrasser de moi.

— Mais non…

Il se recoucha et tira la couverture jusqu'à la taille.

— Vous me le promettez, monsieur Terola ?

— Je vous promets quoi ?

— De me rendre immortelle.

— Vous êtes cinglée ou quoi ? demanda-t-il d'un ton irrité. Si des gens vous entendaient parler comme ça, ils vous feraient enfermer.

— Monsieur Terola…

— Filez, voulez-vous ? Je suis claqué. Je ne me suis pas couché…

— Monsieur Terola, m'estimez-vous jolie ?

— Sensationnelle, fit-il en fermant les yeux. Purement et simplement sensationnelle.

— Vous vous moquez de moi.

— Non, pas du tout. Pourquoi me moquerais-je de vous ? Mais je me sens fatigué. Maintenant, foutez le camp, Eileen.

— Evelyn, dit-elle. Evelyn.

— Sûr !

— Dites-le ! Dites Evelyn !

Il ouvrit les yeux et la vit, debout à côté du lit.

— Qu'est-ce qui vous prend, petite ? Vous êtes folle ?

Folle. Un mot à ne pas employer à la légère.

En arrivant au coin, elle se retourna pour regarder en arrière. L'espion déguisé en vieil homme se tenait debout sur les marches menant à la bibliothèque, son magazine sous le bras. Elle se mit à courir.

L'homme réintégra le bâtiment et s'arrêta devant la bibliothécaire. Elle sourit.

— Ah ! dit-elle. Et moi qui pensais que vous aviez fui en emportant de nouveau un de nos journaux, monsieur Hoffman.

— Pas cette fois, déclara-t-il. Avez-vous remarqué la jeune femme qui vient de partir ? Celle qui était vêtue d'un manteau foncé.

— Pas particulièrement. Pourquoi ?

— Je l'ai observée pendant une bonne demi-heure. Elle m'a semblée très bizarre.

— Vous savez, dit-elle joyeusement, nous recevons beaucoup de gens bizarres ici. C'est une institution publique.

— C'est-à-dire que... J'ai remarqué des taches rouges sur ses vêtements.

— Elle a probablement mangé des spaghettis pour le déjeuner. La sauce gicle, parfois.

— Pendant tout le temps où je l'ai regardée, elle tenait un livre ouvert, mais elle ne lisait pas. Un ouvrage sur les oiseaux, si je ne m'abuse, mais mes yeux ne sont plus ce qu'ils étaient. Puis, en partant, elle s'est penchée vers moi et m'a murmuré quelque chose que je n'ai pas compris. Étrange, vous ne trouvez pas ?

— Plutôt, en effet.

— Je me demande si je ne devrais pas le signaler à la police.

— Ah ! là là ! Monsieur Hoffman. Voilà que vous vous laissez emporter à nouveau par votre imagination.

À cause des espions qui risquaient d'intercepter le tic-tac de son esprit, elle évitait d'aller deux fois dans le même bar, mais c'était difficile, ils se ressemblaient tous. À croire que les décorations, les enseignes au néon, le mobilier, les clients, les barmans provenaient tous de la même boutique. L'emplacement de la cabine du téléphone était le plus important. Au Mecca, elle se trouvait dans l'arrière-salle, près des toilettes pour hommes, et masquée à la vue par un énorme philodendron. Lorsque la porte vitrée de la cabine se fut refermée sur elle, elle se sentit en sécurité, hors de portée du monde extérieur, comme un enfant dans sa cabane ou un poète dans sa tour d'ivoire. Elle aspira goulûment l'air vicié comme s'il s'agissait d'oxygène pur, se souriant à elle-même, puis composa Crestview 15115. En attendant qu'on réponde, elle additionna les chiffres. Treize. Ajoutez un et divisez par deux. Sept. Sept partout. Peu de gens savaient que le sept était un chiffre bénéfique. Et encore moins y croyaient. Les idiots !

À la septième sonnerie (sept encore !) une voix de femme décrocha :

— J'écoute.

— La résidence Clarvoe ?

— Oui.

— Madame Clarvoe ?

— Elle n'est pas là.

— Je vous reconnais pourtant, madame Clarvoe.

Elle perçut comme le bruit d'un objet métallique tombé au sol, à l'autre bout du fil.

— Qui… Est-ce vous, Evelyn ?

— Ne vous attendiez-vous pas à avoir de mes nouvelles ?

— Si…

Il y eut un silence, puis un bruissement de mouvement et Evelyn entendit, étouffée, une voix d'homme qui disait : « Demandez-lui donc où est Helen. »

— Qui est avec vous ? demanda Evelyn.

Comme si elle ne le savait pas ! Ce pauvre crétin de Blackshear, qui la recherchait dans toute la ville, comme un aveugle essaie de retrouver son chemin dans une jungle. Un de ces jours, je vais lui sauter dessus de derrière un fourré.

— Personne, Evelyn. Je n'ai personne avec moi. Il y avait un visiteur, mais je lui ai dit de partir. Comme ça, on est plus tranquilles, pour parler. Evelyn, est-ce que vous m'écoutez ?

Bien sûr qu'elle écoutait. En sécurité, au chaud, isolée, le poète dans sa cabane, l'enfant dans sa tour d'ivoire. À travers la porte vitrée sale, elle vit s'avancer un homme chauve, bâti comme une armoire à glace. Elle le regarda mais il avait l'esprit ailleurs et ne la remarqua même pas.

— Evelyn, répondez-moi !

— Vous n'avez pas besoin de crier, rétorqua-t-elle froidement. Je ne suis pas sourde.

— Je… je regrette d'avoir crié.

— Voilà qui est mieux.

— Écoutez-moi, Evelyn, avez-vous vu Helen ? Lui avez-vous parlé ?

— Pourquoi me demandez-vous ça ? fit-elle en réprimant une furieuse envie de rire.

Avait-elle vu Helen ? Quelle blague merveilleuse. Il fallait la prolonger, faire durer le plaisir.

— Pourquoi me demandez-vous des nouvelles d'Helen, madame Clarvoe ?

— On l'attendait ici. Elle a dit qu'elle venait à la maison.

— Oh ! ça...

— Que voulez-vous dire ? Auriez-vous... ?

— Elle a changé d'avis. À vrai dire, elle n'avait aucune envie d'aller chez vous. Elle ne voulait pas que vous la voyiez dans l'état où elle est.

— L'état... ?

— Je lui ai promis de n'en parler à personne. Après tout, nous avons été amies, dans le temps, et je tiens mes promesses.

— Pour l'amour du...

— Vous criez encore ! Ça me fait mal aux oreilles.

— Très bien, murmura Verna. Je ne crierai plus. Dites-moi simplement où est Helen et ce qu'elle fait.

— C'est une longue histoire...

C'était faux, mais Mme Clarvoe méritait une leçon pour avoir crié.

— Evelyn, je vous en supplie...

— Vous n'avez pas besoin de me supplier. La vérité, je la raconte sans me faire prier. Vous le savez, n'est-ce pas ?

— Oui.

— Quoi qu'on dise à mon sujet, je ne suis pas une menteuse.

— Non, bien sûr, vous ne l'avez jamais été. Mais, Helen, il ne lui est rien arrivé ?

— Je ne sais pas.

— Mais vous disiez...

— Je n'ai pas dit s'il lui était arrivé quelque chose ou non. Tout ce que j'ai déclaré, c'est qu'elle avait changé d'avis et qu'elle ne voulait plus vous rejoindre.

— Où est-elle ?

L'homme repassa devant la cabine, il avait des yeux de verre et des lèvres de bois.

— Elle travaille, répliqua Evelyn. Dans un bordel.

Elle avait commencé à trembler d'émotion à l'idée de la réaction de Verna Clarvoe, d'un « non ! » indigné, d'un « oh ! » effaré. Mais elle ne perçut rien.

— Vous m'avez entendue, madame Clarvoe ? fit-elle vivement. Helen travaille dans une maison de rendez-vous, dans un bordel. Dans South Flower Street. Ce n'est pas un endroit pour jeunes filles de bonne famille. Il est vrai qu'Helen n'en a jamais été une. Ce dont elle a besoin, c'est d'émotions fortes. Et elle ne recule pas devant les moyens, je peux vous le dire.

Toujours aucune réaction. Pas même le clic d'un combiné que l'on raccroche. Evelyn sentit l'excitation s'écouler, comme le sang d'une artère sectionnée. Elle s'empressa d'enfoncer des mots dans la plaie pour endiguer l'hémorragie :

— C'est moi qui lui ai trouvé ça. Je l'ai rencontrée devant son hôtel, ce matin. Elle m'a dit qu'elle en avait marre de la vie idiote qu'elle menait et qu'elle voulait quelque chose qui l'occupe et qui lui procure des sensations inconnues. Je savais ce qu'il lui fallait. « Viens avec moi », lui ai-je dit. Et elle m'a suivie.

— Maintenant, je sais que vous mentez, déclara Verna d'un ton ferme. Helen ne serait allée nulle part avec vous, car on l'a mise en garde.

— Contre moi ?

— Que lui avez-vous fait ?

— Je vous l'ai dit. Je lui ai trouvé une occupation.

— C'est grotesque.

— Vraiment ?

Elle raccrocha et éclata de rire C'était grotesque, rien ne pouvait l'être davantage que d'imaginer la pauvre Helen dans un bordel. C'était pourtant vrai.

14

Pendant les cours, elle était le Pr Laurence, mais passé 17 heures, elle s'appelait Claire et vivait près du campus de l'UCLA, avec son mari John et un cocker anglais en surpoids du nom de Louise. C'était une jeune femme grande et musclée, aux jambes interminables, qui portait ses longs cheveux noirs tressés en couronne autour de la tête. Cette coiffure lui donnait un petit air démodé peu seyant, néanmoins unique, et c'était déjà ça.

Franche, intelligente et sans prétention, elle s'entendait bien avec ses étudiants et s'était fait de nombreux amis parmi les enseignants de l'université. Son amie la plus proche, cependant, n'avait rien à voir avec la faculté.

Elle avait rencontré Evelyn Merrick environ huit mois plus tôt, lors d'une soirée avec un ancien compagnon d'études de John. Sur le chemin du retour, elle avait interrogé John.

— *Alors, tu l'aimes bien ?*
— *Qui ?*
— *Evelyn Merrick.*

— Oui.

— Quel enthousiasme…

— Dieu merci, au moins l'un de nous deux ne porte pas de jugement hâtif sur les gens.

— Ce sont les seuls jugements valables.

— C'est-à-dire ?

— Sinon, on finirait par apprécier les gens seulement parce qu'ils satisfont chez nous un besoin et non pour leur valeur intrinsèque.

— Ne te retourne surtout pas, ton doctorat vient de pointer son nez.

— Ne fais pas attention à lui, dit Claire. Je parie qu'elle a souffert.

— On souffre tous à un moment ou un autre.

— Je ne pense pas qu'il s'agisse juste d'un moment dans le cas d'Evelyn. J'ai le sentiment qu'elle a connu un très gros choc.

— Peut-être un traitement de choc.

— Tu te trouves drôle ?

— Un tout petit peu, je l'admets.

— J'ai croisé des gens qui avaient reçu un électrochoc, ils affichaient la même méfiance envers les autres. Par exemple, ils demandent souvent qu'on leur répète la question.

— Tu penses donc que notre nouvelle amie vient d'être libérée sur parole de l'hôpital psychiatrique de Camarillo.

— Non, je ne pense rien de tel, répliqua vivement Claire. Mais je crois qu'elle a vécu une expérience traumatisante.

— Eh bien, je te connais mon ange, tu apprendras toute l'histoire la prochaine fois que tu la verras.

Il se trompait. Au cours des mois qui suivirent, les deux femmes se retrouvèrent souvent, parfois par hasard, puisqu'elles vivaient dans le même quartier, parfois lors d'un déjeuner, d'un dîner ou d'une séance de cinéma. Mais quel qu'ait pu être le choc subi par Evelyn, elle n'en parla jamais, accueillant en silence ou avec une douce réprimande les allusions comme les interrogations directes de Claire. Cette propension d'Evelyn à garder son secret avait d'abord agacé Claire. Mais, avec le temps, elle avait fini par la respecter.

Souvent, quand John – qui enseignait la biologie – partait en voyage d'études, Evelyn venait passer la nuit avec Claire, inquiète de rester seule. John ne se privait d'ailleurs pas de taquiner sa femme en ces occasions.

— Toi et ta peur du noir, à ton âge et avec ton gabarit.

— C'est plus fort que moi.

— Comment faisais-tu quand tu étais célibataire ?

— Je vivais dans un appartement avec des gens au-dessus, en dessous et de chaque côté. Les murs étaient si fins qu'on aurait entendu une épingle tomber, j'avais donc peu de chances d'être assassinée dans mon lit. Tandis que dans une maison comme celle-là, c'est très différent, on est coupé des autres.

— Par une allée et deux parterres de fleurs.

— Tu sais très bien ce que je veux dire.

C'était vrai. Elle avait grandi dans une famille nombreuse, et avait toujours eu du monde autour d'elle, frères, sœurs, cousins, cousines, amis. Aussi, John était-il reconnaissant à Evelyn de tenir compagnie à sa femme en son absence. Sa méfiance initiale s'était vite dissipée et il trouvait maintenant que, à sa manière douce et tranquille, Evelyn était la plus gentille fille du monde.

Le mercredi matin, John partit avec un groupe d'étudiants, pour passer deux jours dans la forêt nationale de Los Padres. Evelyn arriva en fin d'après-midi. Les deux femmes avaient prévu d'aller voir une pièce au Baltimore Bowl, mais changèrent leurs plans au retour de Claire, terrassée par un rhume carabiné. Elle se mit au lit à 20 heures et, sonnée par les cachets qu'elle avait pris, dormit jusqu'au lendemain matin.

Claire fut réveillée par des bruits de vaisselle et une odeur de bacon. Elle sauta hors du lit, passa le vieux peignoir de son mari et se rendit à la cuisine où Evelyn était en train de préparer le petit déjeuner.

— Mmmm, fit Claire, ce que ça sent bon ! J'ai faim à dévorer un bœuf.

— Je crains qu'on ne soit vraiment réduites à ça, répliqua Evelyn. Je viens de brûler la dernière tranche de lard.

— Je l'aime bien grillé.

— Possible, mais tu ne mangerais pas de charbon, tout de même.

— John prétend qu'on devrait. Le carbone est un agent purifiant de première qualité.

— Tu dis des bêtises.

— Ça semble pourtant assez plausible, tu ne trouves pas ?

— Tu te sens nettement mieux ce matin, ça fait plaisir.

— Oui, ça va mieux. Et toi ?

Evelyn se tourna. Elle avait pâli.

— Moi ? Tout va très bien, pourquoi cela n'irait pas ?

— Tu as une mine affreuse. Si je ne te connaissais pas bien, je me dirais que tu as fait la bringue toute la nuit.

— Les beuveries, ce n'est pourtant ma tasse de thé.

— Je plaisante, je ne voulais pas te blesser.

— Je crains d'être assez susceptible ces jours-ci.

— Je le vois bien. Même John a remarqué combien tu avais l'air soucieux. Tu sais, on s'est demandé…

— Oui ?

— Peut-être devrais-tu te marier.

Evelyn ne répondit pas.

— Le mariage est une chose nécessaire, précisa Claire. Surtout pour une femme.

— Ah ?

— Je t'assure. Je me demande pourquoi ça te fait sourire. Qu'y a-t-il de drôle dans ce que j'ai dit ?

— Je crains que tu ne puisses comprendre…

Cet après-midi-là, Claire quitta l'université un peu plus tôt que d'habitude, vers les 16 h 30, mais lorsqu'elle fut arrivée devant chez elle, l'obscurité avait déjà commencé à tomber et elle ne remarqua la voiture arrêtée qu'après avoir laissé sortir la chienne. Cette dernière se précipita vers la voiture à travers la pelouse, et se mit à gratter la portière. Un homme passa la tête par la vitre baissée et dit :

— Cela ne risque pas d'arranger la peinture de ma voiture.

— Je vois ça, fit-elle en prenant la chienne dans ses bras.

— Vous êtes madame Laurence ?

— Oui.

— Je m'appelle Paul Blackshear. C'est moi qui vous ai téléphoné à l'université, au début de l'après-midi.

— Ah oui !

— Est-ce que mademoiselle Merrick est chez vous ?

— Non, pas encore. Mais elle ne va pas tarder. Si vous voulez bien entrer et l'attendre.

— Merci…

Il descendit et la suivit. Elle avait un peu d'appréhension à laisser entrer un inconnu chez elle, mais fut incapable de trouver une raison ou une façon polie de se débarrasser de lui. Elle le fit entrer au salon dont elle alluma les quatre lampes puis, après lui avoir indiqué un fauteuil, s'assit sur une chaise à l'autre bout de la pièce.

— Mon mari, mentit-elle, va, lui aussi, rentrer d'une minute à l'autre.

— Tant mieux, fit Blackshear en croisant les jambes. J'ai besoin de toute l'aide possible.

— En quoi mon mari et moi pourrions-nous vous aider ?

— J'essaie de retrouver une femme, et j'ai des raisons de croire qu'Evelyn Merrick sait où elle se trouve.

— Vous voulez dire qu'Evelyn l'a aidée à... à disparaître ?

— Oui, mais pas dans le sens où vous l'entendez.

— Je ne vous comprends pas.

— La disparition de cette femme n'a pas été volontaire.

Claire tressaillit et le regarda fixement, les poings serrés sur ses cuisses.

— Que... qu'insinuez-vous au juste, monsieur Blackshear ?

— C'est évident, me semble-t-il.

— Non, absolument pas. Je ne comprends strictement rien à ce que vous racontez.

— Moi non plus, à vrai dire, mais j'essaie d'y voir clair. C'est la raison de ma venue ici. La femme qui a disparu est une amie à moi, Helen Clarvoe. Elle a aussi été, dans le temps, une amie d'Evelyn Merrick.

— Dans le temps... ? Voulez-vous dire qu'elles se sont fâchées ?

— Disons qu'elles ont cessé de se fréquenter. Jusqu'à lundi soir, tout au moins. Ce jour-là, Mlle Merrick a téléphoné à Helen Clarvoe à son hôtel. Je n'entrerai pas dans les détails, mais je peux vous garantir que cette conversation n'avait rien d'amical. À la suite de cette communication, Mlle Clarvoe m'a chargé de retrouver Evelyn.

— Pourquoi ?

— Parce que ce que lui avait dit Mlle Merrick l'avait profondément troublée. Durant la semaine, j'ai découvert que les coups de téléphone « inhabituels » étaient la spécialité d'Evelyn Merrick. Certaines, quand elles en veulent à quelqu'un, broient du noir, d'autres se mettent à écrire des lettres anonymes. Evelyn Merrick, elle, téléphone.

— Balivernes ! s'écria Claire. Je ne vous crois pas. Evie déteste téléphoner. Je le sais, je suis sa meilleure amie.

— Madame Laurence, cette femme a des secrets que même ses meilleures amies ne connaissent pas. Elle-même ne s'en rend pas compte, parfois.

— Ce n'est pas possible. À moins… à moins que vous ne vouliez me faire comprendre qu'elle est folle.

— C'est une forme de folie.

— Que voulez-vous dire ?

— Dédoublement de la personnalité.

Claire se leva brusquement et se mit à arpenter la pièce.

— Evie, dit-elle, est ma meilleure amie. Vous, je vous vois pour la première fois. Vous venez ici et vous portez contre elle d'affreuses accusations. Pourquoi voulez-vous que je vous croie ? De quel droit vous présentez-vous chez les gens pour leur dire que leur amie la plus chère souffre d'un prétendu dédoublement de la personnalité.

— La théorie n'est pas de moi. C'est le médecin de Mlle Merrick lui-même qui en a avancé la possibilité. Je lui ai rendu visite cet après-midi. Mlle Merrick a connu deux chocs émotionnels extrêmement pénibles. Le premier lors du divorce de ses parents, le second lors de la rupture de son propre mariage, l'an dernier.

— Son mariage ? répéta Claire. Elle n'a jamais été mariée.

— C'est un fait, pourtant.

— Elle ne m'en a jamais parlé. Je... Voyons, ce matin encore nous parlions à la cuisine et je lui disais que le mariage est une bonne chose pour la femme. Quant à elle...

— Quelle a été sa réaction, madame Laurence ? Qu'a-t-elle répondu ?

— Rien. Elle a simplement souri, comme si j'avais dit quelque chose de très drôle.

— Vous l'avez fait sans le savoir.

— Et son mariage a été un échec ?

— Oui.

— Qui était son mari ?

— Le frère d'Helen Clarvoe, Douglas... (Blackshear s'humecta les lèvres. Il avait un goût de cendre dans la bouche.) Douglas est mort ce matin.

— Vous dites ça avec une drôle d'intonation.

— Je ne m'en rendais pas compte.

— À vous entendre, on croirait qu'Evelyn a... que vous pensez qu'elle a quelque chose à voir avec cette mort.

— Je ne le pense pas, j'en suis persuadé. Un autre homme est mort depuis.

Claire secoua la tête.

— Vous devez vous tromper. Evie n'y est certainement pour rien. Elle ne ferait pas de mal à une mouche.

— Peut-être ne la connaissez-vous que sous son bon jour. Quant à l'autre…

— Il n'y en a pas d'autre.

Mais elle l'avait dit sans force. Tout à coup, elle s'écroula sur la chaise, la main pressée sur sa bouche tremblante.

— Comment… comment son mari est-il mort ?

— Il s'est suicidé.

— Et l'autre homme ?

— Il a été tué d'un coup de ciseaux, ce matin.

— Mon Dieu, mon Dieu… (Sa main glissa sur sa gorge.) Elle va rentrer d'un moment à l'autre. Que vais-je faire ?

— Rien. Agissez comme si de rien n'était.

— Comment pourrais-je ?

— Il le faut. La vie d'Helen Clarvoe est peut-être en jeu.

— Il n'y a aucune chance que… que vous vous trompiez ?

— Il y a toujours une chance, madame Laurence, mais elle est très mince. Lorsqu'elle a téléphoné à Mme Clarvoe, cet après-midi, elle lui a parlé d'Helen et n'a pas caché son identité, elle était même fière d'elle.

Il lui résuma la conversation téléphonique. Claire écouta dans un silence stupéfait, la main toujours à son cou.

Dehors, ils entendirent des jappements de joie et Blackshear vit par la fenêtre une jeune femme qui se dirigeait vers la maison, riant tandis que la chienne lui faisait la fête. Alors qu'elle atteignait les marches du perron, la jeune femme s'abaissa et tendit les mains au cocker, qui lui sauta dans les bras. Toutes deux semblaient ravies de cet exploit. C'était la première fois que Blackshear voyait Evelyn Merrick, et il nota l'ironie de la situation, de la découvrir ainsi gaie et insouciante – *elle ne ferait pas de mal à une mouche*.

Il se tourna vers Claire, qui s'essuyait les yeux et alla ouvrir. Blackshear les entendit parler dans l'entrée.

— Tu as vu, Claire ? Elle a fini par y arriver, elle m'a sauté dans les bras ! Dire que John essaie de le lui apprendre depuis des années. Comment va ton rhume ? demandait Evelyn Merrick.

— Bien mieux, merci. Nous avons une visite.

— Une visite ? Bien.

— Entre donc, je vais te présenter M. Blackshear.

— Un instant, le temps de me débarrasser de mon manteau.

Lorsqu'elle entra, quelques secondes après Claire, elle arborait un sourire un peu guindé. Blackshear l'examina rapidement. Elle avait des cheveux châtains coupés court et des yeux gris qui, parfois, empruntaient un reflet bleu à la robe chemisier qu'elle portait. Présentations. Poignée de main. Celle d'Evelyn se révéla assez molle.

— Mademoiselle Merrick, déclara Blackshear, c'est surtout pour vous voir que je suis venu.

— Ah ?

Son étonnement paraissait sincère.

— Je voudrais vous poser quelques questions, si vous le permettez.

— Pourquoi pas. Si elles ne sont pas trop indiscrètes, je pourrais même vous répondre.

— M. Blackshear, intervint Claire, essaie de retrouver une femme qui a disparu. Je lui ai dit que tu n'en savais probablement rien, mais il a insisté…

Elle saisit au vol un coup d'œil de Blackshear et s'arrêta.

— Je vais préparer un peu de café.

Claire partie, Evelyn s'assit.

— Voilà qui est mystérieux à souhait, dit-elle. Ça commence à m'intriguer. La personne qui a disparu, est-ce quelqu'un que je connais ?

— C'est Helen Clarvoe.

— *Helen* ? Mon Dieu. C'est probablement la dernière personne à laquelle j'aurais songé. Et vous dites qu'elle a disparu ?

— En effet.

— Voilà qui est bizarre. Je ne vois vraiment pas Helen disparaître sans laisser de traces. Ce n'est pas dans sa nature. Elle serait plutôt du genre timoré.

— Oui.

— D'un autre côté, elle n'a plus quinze ans et si elle a choisi de disparaître, comme vous dites, sans prévenir ses amis, je ne vois pas pourquoi on essayerait de la retrouver.

— Je n'ai pas dit qu'elle avait choisi de disparaître.

— Oh…

Elle sourit.

— Helen n'est pas aussi ennuyeuse qu'on pourrait le croire. Il y a peut-être un homme dans sa vie.

— J'en doute.

— En tout cas, monsieur Blackshear, je ne vois pas en quoi je pourrais vous aider, moi. Mais je veux bien essayer. Interrogez-moi.

— Connaissez-vous South Flower Street, mademoiselle Merrick ?

— South Flower ? C'est *downtown*, je crois ?

— Oui.

— Il m'est sans doute arrivé de passer par là en voiture, mais c'est un quartier que je ne fréquente pas.

— À quand remonte votre dernière entrevue avec Helen Clarvoe ?

— À plus d'un an.

— Lui avez-vous récemment parlé au téléphone ?

— Certainement pas. Nous n'avons rien à nous dire.

— N'y a-t-il aucune animosité entre vous deux ?

— Il n'existe plus vraiment de sentiments entre nous. Pas de mon côté, en tout cas.

— Vous avez été amies intimes, dans le temps.

— À l'école, oui… (Elle haussa les épaules.) Ça remonte à des années.

— Vous avez épousé le frère d'Helen, Douglas.

— Epousé, c'est beaucoup dire. Disons qu'une cérémonie a été célébrée. Excusez-moi, mais j'aimerais à mon tour vous poser une question.

— Je vous écoute.

— D'où tenez-vous tous ces renseignements me concernant ?

— De votre mère.

Elle parut sincèrement amusée.

— J'aurais dû m'en douter, dit-elle. Maman est bavarde. Elle dévoile son cœur au laitier ou au facteur. Malheureusement, par la même occasion, elle en fait autant du mien.

— Avez-vous vu Douglas ces temps-ci, mademoiselle Merrick ?

— Non, mais je lui ai parlé.

— Quand ça ?

— Hier soir.

— Ici ?

— Oui. Claire était déjà couchée.

— Comment savait-il que vous étiez chez Mme Laurence ?

— Je présume qu'il a téléphoné chez nous et que maman lui a dit où il pouvait me trouver.

— Estimez-vous que ce soit plausible, compte tenu des sentiments hostiles que votre mère lui porte ?

— Il n'a sûrement pas donné son nom...

Elle ajouta avec insistance :

— En tout cas, ce n'est pas moi qui ai cherché à le revoir ou à lui parler. Les Clarvoe sont des gens charmants, aussi longtemps qu'on n'a rien à voir avec eux.

— Pourquoi Douglas vous téléphonait-il, mademoiselle Merrick ?

— Je ne sais pas. C'est la première fois qu'il me donne de ses nouvelles depuis l'annulation du mariage. Il m'a paru solitaire et abandonné. Moi aussi, j'avais le cafard, et nous avons bavardé un peu. Du bon vieux temps, quand Helen et moi étions à l'école ensemble et que je venais passer le week-end ou les vacances avec elle. Dougie nous suivait tout le temps, même si on le taquinait. Même Helen était heureuse à l'époque. C'est drôle comme tout a changé.

Blackshear l'écoutait, non sans étonnement. À l'entendre, c'était comme si l'Evelyn de cette époque n'avait aucun lien avec celle qui la racontait à présent. Blackshear se demandait à quel moment avait eu lieu la « scission » de sa personnalité. À l'adolescence ? À moins qu'elle ait toujours existé, sans que personne ne s'en doute ? Ce dont il était quasiment certain, c'est que cette séparation était nette. La femme à qui il parlait ne connaissait pas l'existence de sa jumelle monstrueuse. Elle se rappelait avoir parlé avec Douglas mais, s'il l'interrogeait sur les coups de fil qu'elle avait passés à Mme Clarvoe, elle nierait énergiquement. Il ne gagnerait rien à la contrarier. Son rôle était d'attendre que la jumelle se manifeste, elle seule savait ce qui était arrivé à Helen et où elle se trouvait. South Flower Street comptait plus de maisons de passe que de restaurants. Quand bien même il serait sans danger de la provoquer, personne ne savait ce qui entraînait la bascule de sa personnalité. Un mot, une odeur, un son, une mélodie entendue par hasard ? Était-ce interne, un soudain changement chimique dans l'organisme ?

— Ça m'a fait tout drôle d'entendre la voix de Douglas, poursuivait-elle. Je m'attendais à éprouver un grand ressentiment envers lui. Eh bien, pas du tout. C'est étrange à quel point on peut présumer de ce que l'on va faire ou dire dans une situation particulière, et qu'une fois que l'on y est confronté, rien ne se passe comme prévu.

— Qu'aviez-vous prévu ?

— Je voulais lui dire tout ce que j'avais sur le cœur. Et je n'ai pas pu. En entendant sa voix triste et cafardeuse, je me suis dit qu'il était encore plus malheureux que moi.

— Mademoiselle Merrick, qu'avez-vous fait aujourd'hui ?

— J'ai cherché du travail.

— Quelque chose de particulier, peut-être. Un emploi de modèle ?

— De *modèle* ? Quelle drôle d'idée !

— Vous êtes très jolie.

— Ne dites pas de bêtises. Je vous remercie, c'est flatteur, mais il y a, autour de moi, des milliers, des douzaines de milliers de filles infiniment plus belles que moi. Et puis, je veux un emploi stable.

— Ainsi donc, vous n'avez pas été ici de toute la journée ?

— Non.

— Avez-vous vu votre mère ?

— Non. Je l'ai appelée à la boutique de fleurs, dans le courant de l'après-midi, mais on m'a dit qu'elle avait pris la fin de la journée.

— Elle est allée voir Mme Clarvoe.

— Verna ? Pourquoi diable l'aurait-elle fait ?

— Douglas est mort ce matin.

Evelyn baissa la tête, les mains sur ses genoux. Lorsque, enfin, elle prit la parole, sa voix était d'une netteté presque artificielle.

— Le café doit être prêt. Je vais vous en chercher une tasse.

— Mademoiselle Merrick…

— Vous attendez-vous à ce que je dise que ça me fait de la peine ? Non, ce ne serait pas vrai. Il sera bien plus heureux, maintenant qu'il n'est plus de ce monde. Ce que je regrette, c'est qu'il n'ait pas connu le bonheur de son vivant.

C'était les paroles les plus gentilles qu'il ait entendues sur Douglas, ce jour-là.

— De quoi est-il mort ? s'enquit-elle.

Blackshear lui répondit. Elle l'écouta en silence, comme une enfant écoute un conte de fées qu'elle connaît par cœur. Quand il eut terminé, elle dit :

— Pauvre Douglas. En un sens, c'était le meilleur de la famille. Lui, au moins, recelait des sentiments humains. Tournés vers les mauvaises personnes peut-être, mais au moins ils étaient là.

— Helen en recèle aussi.

— Je ne pense pas, monsieur Blackshear. C'est une femme sans cœur. Froide comme un cadavre.

Blackshear eut l'impression que son sang se figeait dans ses veines. Était-ce une simple image ? Ou bien l'état second revenait-il ?

— Mademoiselle Merrick, dit-il d'une voix un peu tremblante, je vous repose la question : avez-vous vu Helen Clarvoe aujourd'hui ?

— Non.

— Savez-vous où elle est ?

— Non.

— Savez-vous si elle est vivante ou morte ?

— Non.

— Vous souvenez-vous de lui avoir téléphoné, à son hôtel, lundi soir, aux environs de 22 heures ?

— Comment pourrais-je me souvenir de quelque chose qui ne s'est jamais produit ? répliqua-t-elle doucement. Je voudrais beaucoup vous aider, monsieur Blackshear, mais je crains de ne connaître la réponse à aucune de vos questions.

Inutile d'insister, songea-t-il en se levant.

— Merci, en tout cas, d'avoir essayé, fit-il tout haut.

— De rien. Lorsque vous aurez retrouvé Helen, prévenez-moi.

— Pour quoi faire ?

— Souvenir de notre ancienne amitié ou simple curiosité, à vous de choisir.

Il sentit le rouge de la colère lui monter au visage et n'osa rien dire, de crainte de se montrer grossier. Sans même prendre congé, il se dirigea vers la porte, l'ouvrit, et se retrouva dehors, dans une obscurité aussi impénétrable que la forêt profonde.

15

Elle ouvrit les yeux mais les referma tout aussi vivement à cause de la lumière aveuglante. Mais, pendant la fraction de seconde où elle les avait ouverts, elle avait eu le temps de voir l'endroit où elle se trouvait : une petite pièce carrée et blanche, comme on en voit dans les hôpitaux. Et la femme qui se penchait sur elle était, elle aussi, vêtue de blanc, à la façon des infirmières.

— Elle revient à elle, fit la femme d'une voix rauque. Donne-lui encore un peu de whisky, Mollie.

— Si elle est ivre, Bella, ça la rendra encore plus malade, répliqua une autre femme.

— Toi, la ferme. Personne ne te demande ton avis. Rien de tel qu'un peu d'alcool pour ranimer quelqu'un qui a trop bu. Passe-moi la bouteille, Mollie.

— OK.

— Tiens-lui la tête, pendant que je la fais boire. Ha ! ha ! ha ! c'est comme du thé, ma belle ! Offert par Mme Bella.

Mlle Clarvoe essaya de protester. Elle ne voulait pas de whisky, il lui brûlait les lèvres, la gorge, les entrailles. Elle tenta de se débattre et voulut crier, mais une main se plaqua sur sa bouche.

— Tu ne vas tout de même pas te mettre à hurler, ma belle ? poursuivit Bella. Tu as peut-être des visions ? Tu vois sans doute de petits éléphants roses qui essaient de te piétiner ? Ou de grosses araignées ? Allez, bois un coup, et ils disparaîtront tous.

— Non, non, je ne veux pas.

— Qu'est-ce que tu as, chérie ? Des ennuis ? Si c'est ça, raconte tout à Bella.

Mlle Clarvoe secoua la tête. Elle ne comprenait pas grand-chose à ce qui lui arrivait. Et elle ne voyait ni éléphants roses ni grosses araignées.

— Allez, parle-moi, ma belle.

— Je ne sais pas, je n'ai rien à dire, fit Mlle Clarvoe, la voix étouffée par la main de la femme. Laissez-moi me lever.

— Sûr, si tu me promets de ne pas crier. Je ne veux pas que mes clients soient dérangés. Un homme qui vient ici après une dure journée de labeur, ce qu'il veut c'est un petit massage, pas des cris de foldingue. Ça l'énerve, le pauvre bougre.

Clients. Massage. Ce n'était donc pas un hôpital, et la femme en blanc n'était pas infirmière.

— Alors, c'est promis ? insista Bella.

— Oui, je vous le promets.

Mlle Clarvoe rouvrit les yeux. Elle était allongée sur un divan au pied duquel se tenait une jolie blonde, souffrant d'acné, et qui tenait une bouteille à la main. L'autre femme, Bella, était énorme, et son quadruple menton tremblait comme de la gélatine à chacun de ses gestes. Seuls ses yeux semblaient humains. Ils étaient sombres, chargés du désespoir d'avoir trop subi et trop peu compris.

Mollie s'approcha du divan et tâta le manteau de Mlle Clarvoe.

— Du beau tissu, fit-elle. De l'écossais... (Elle examina la doublure.) De l'importé.

— Tu peux retourner au travail, Mollie, dit Bella.

— Je n'ai plus de rendez-vous pour ce soir.

— Alors, rentre chez toi.

— Et si elle repique une crise ?

— Je suis assez grande pour lui faire entendre raison, déclara Bella. Bella comprend les choses.

— C'est ça, fit la blonde avec un sourire ironique. J'en ai jamais douté. En tout cas, je te la laisse. Moi, je préfère les gens normaux.

— Tais-toi, beauté.

— Mais...

— File. Et ferme la porte derrière toi.

Mollie haussa les épaules et s'en alla.

Mlle Clarvoe se caressa les paupières. Elle avait mal aux yeux. Elle ne comprenait pas de quoi les deux femmes avaient parlé. Elle avait aussi mal au cœur, et sa tête était douloureuse comme si elle avait reçu un coup.

— Ma tête, fit-elle. Oh ! ma tête.

— Tiens donc, elle a mal à la tête, dit Bella. C'est parce que tu as trop bu, chérie. La bouteille y est passée.

— C'est impossible, je ne bois jamais.

— Tu sentais l'alcool à faire peur, lorsque je t'ai trouvée sur le seuil de ma maison. J'étais justement en train de tailler le bout de gras avec un de nos habitués qui me remerciait de mon hospitalité et de la prévenance de mon personnel. J'ai ouvert le battant et tu étais là, sur le trottoir, raide, ivre morte.

— Ce n'est pas possible ! Je ne bois pas.

— On se rince seulement la bouche de temps en temps, c'est ça ?

L'énorme femme éclata de rire et tout son corps trembla. Quand elle se fut enfin arrêtée, elle tira un mouchoir de la poche de sa robe et se tamponna le visage et le cou.

— Moi aussi, j'ai mes ennuis. J'suis trop gaie, je ris trop. Et quand je ris, je suis en nage. Tu ne veux pas une goutte de whisky, ma belle ?

— Non, non !

Mlle Clarvoe tenta de se lever, perdit son équilibre et tomba par terre.

— Je dois... Il faut que je rentre... On m'attend...

Bella lui passa les mains sous les bras et l'aida à se remettre sur pied.

— Qui est-ce qui t'attend ?

— Je... je ne sais pas.

— En ce cas, pas besoin de se presser. Rallonge-toi et repose-toi un peu. Bella va te soigner.

— Non, non...

Elle sentait l'haleine fétide de la femme dans son cou.

— Je dois... On m'attend.

Quelqu'un l'attendait, elle en était sûre, mais elle ne savait pas qui, ni où. Les visages, dans sa tête, étaient brouillés, les gens n'étaient qu'ombres, le décor n'était que grisaille. Elle s'appuya contre le mur et demanda :

— Puis-je-avoir un verre d'eau, s'il vous plaît ?

— Mais certainement, ma belle.

La femme lui apporta un gobelet en carton et la regarda boire.

— Ça va mieux maintenant, chérie ? fit-elle.

— Oui.

— Ton manteau est tout sale. Donne-le-moi, que je le nettoie un brin.

Elle ramena son manteau sur elle.

— Non, non…

— Ah ! Une timide. Bella sait les reconnaître, les timides. Ça fait des années et des années que Bella est dans le métier. Mais tu n'as pas besoin de te montrer timide avec moi, ma belle. Au fait, qui m'a recommandée à toi ?

— Je ne comprends pas.

— Comment as-tu appris mon nom ?

— Votre nom… ? Mais je l'ignore.

La femme fronça les sourcils.

— Comment se fait-il, alors, que tu sois venue ici, que tu aies choisi cet endroit ?

— Je n'ai rien choisi.

— Il ne faut pas mentir à Bella. Bella n'aime pas qu'on lui mente, ça la met en colère. Qui t'a donné mon nom ?

— Personne.

— En somme, tu es venue ici par simple accident, hein ?

— Je ne m'en souviens pas, balbutia Mlle Clarvoe. Je ne me rappelle rien… Evelyn…

— Est-ce ton nom, ma belle ? Evelyn ?

— Non, non. J'étais… j'étais avec Evelyn. C'est elle qui m'a amenée ici. Elle m'a dit…

Elle s'arrêta net et porta la main à la bouche.

— Qu'a-t-elle dit, chérie ?

— Que ma place était ici.

Bella sourit et se caressa la joue, l'air satisfait.

— En voilà une qui sait de quoi elle parle, dit-elle.

— Mais je ne comprends pas ce qu'elle voulait dire.

— Vraiment ? Eh bien, allonge-toi et repose-toi un peu. Bella t'expliquera tout ça plus tard.

— M'expliquer quoi ?

— Comment être heureuse, chérie. Comment être *vraiment* heureuse. Les hommes sont des porcs. Ils ne savent rien, ne se soucient de rien. Bella est différente. Bella sait, elle. Laisse-moi ôter ton manteau, sinon il va se friper. Ah ! les belles chevilles que tu as. Moi aussi, j'en avais d'aussi belles, dans le temps. Mais maintenant, je mange trop. Je mange et je mange et je mange parce que personne ne m'aime plus. Oui, Bella est grosse comme un éléphant car personne ne l'aime, mais Bella en connaît un rayon. Allons, enlève ton manteau.

Mlle Clarvoe se raidit.

— Je te dégoûte, hein ? ricana Bella. Peu importe. Ils disent tous ça au début, puis ils changent d'avis. Bella les rend si heureux. Toi aussi, tu seras si heureuse que tu voudras revenir, et revenir encore.

— Laissez-moi tranquille ! Écartez-vous de moi !

— À moins que tu n'aies pas surmonté ta timidité…

— Espèce de monstre ! hurla Mlle Clarvoe en plongeant en direction de la porte.

Mais la grosse femme y arriva la première et lui barra le chemin, bras écartés.

— Bella n'aime pas qu'on l'insulte, chérie. Ça la met en colère.

— Si vous ne me laissez pas sortir, je vais crier ! Et je crierai jusqu'à ce que j'ameute la police.

Bella resta silencieuse un instant. Quand elle parla, il y avait de l'amertume dans sa voix.

— Je n'en doute pas ! Si jeune et déjà mauvaise. Et voilà la gratitude humaine… À vous dégoûter d'aimer votre prochain… Je te ramasse dans le caniveau, je te soigne, je t'offre mon meilleur whisky, et toi, tu me menaces d'appeler la police. J'essaie de te faire des compliments. J'espère que tu n'y as pas cru une seconde. Tes chevilles sont affreuses, on dirait des tuyaux de plomb…

— Ouvrez cette porte.

Bella ne l'ouvrit pas mais elle fit un pas de côté, dégageant la voie, et poursuivit, comme se parlant à elle-même :

— Montrez-vous donc bonne avec les gens… ! Voilà ce qu'on récolte en échange – des insultes et des menaces. Mais Bella est un être humain. Elle est peut-être grosse comme un éléphant, mais elle aime qu'on se montre reconnaissante avec elle de temps à autre. Si elle avait pu penser qu'en te recueillant… Fous-moi le camp, petite garce !

Mais la méchante était partie, elle parlait à une chambre vide. Elle s'assit sur le sofa, une main sur le cœur. Il battait, palpitant comme un oiseau captif des plis étouffants de sa chair.

— Les gens sont mauvais, souffla Bella.

Helen Clarvoe n'avait plus la force de courir. Elle avait les jambes molles et son crâne lui faisait si mal qu'il lui donnait l'impression d'éclater. Incapable de réfléchir, elle n'avait qu'une idée en tête : partir, s'échapper, le plus vite possible.

Elle ne savait pas où elle devait aller, elle ignorait même où elle se trouvait jusqu'à ce qu'elle ait atteint le coin et vu les plaques : South Flower Street et Ashworth Avenue. Elle répéta tout bas ces deux noms, espérant qu'elle finirait par s'y retrouver, mais elle ne les connaissait ni l'un ni l'autre, parce qu'elle n'était jamais venue dans le quartier. Elle en était persuadée, de même qu'elle savait pertinemment qu'elle n'avait pas bu. Et pourtant, elle était là, et Bella lui avait dit l'avoir ramassée devant sa maison, ivre morte.

— Je ne bois jamais, dit tout haut Mlle Clarvoe. Je ne touche jamais à une goutte d'alcool. Papa disait que l'alcool rend les femmes vulgaires.

Un vieil homme qui attendait pour traverser lui jeta un regard étonné. Lui aussi parlait seul, parfois, et il était heureux de trouver quelqu'un qui avait le même travers. Mlle Clarvoe vit son regard et détourna le sien, tout en rougissant, comme s'il l'avait vue nue.

— Hé ! hé ! hé ! fit l'homme en s'engageant sur la chaussée.

Même les jeunes parlaient tout seuls de nos jours. Les radiations atomiques, probablement. La folie s'empare du monde.

Mlle Clarvoe se toucha les joues, elles étaient brûlantes d'humiliation. Le vieil homme l'avait vue se parler à elle-même, peut-être en avait-il vu davantage. Peut-être passait-il dans la rue quand elle était sortie de chez Bella et savait-il quel genre d'endroit c'était. Il fallait s'éloigner de lui au plus vite.

Mlle Clarvoe se tourna et se mit à courir dans l'autre direction, son manteau lui fouettant les jambes. Elle courut ainsi jusqu'au coin le plus proche où elle s'arrêta pour reprendre haleine. La plaque indiquait Figueroa Street. Je ne me suis pas perdue, pensa-t-elle. Je connais Figueroa Street. Je vais attendre ici qu'un taxi en maraude vienne à passer. Mais quelque chose en elle, une espèce de sixième sens, l'avertit qu'il était dangereux de rester là et elle se remit en route. Cette fois, elle marchait, sans courir. Courir était dangereux. Les gens qui courent attirent l'attention. Elle devait avoir l'air détendu d'une femme ordinaire. Personne ne devait savoir que quelque part ici, dans une rue ou l'autre, elle avait perdu sa journée. Il faisait nuit à présent. Le jour s'était enfui, il l'avait dépassée sans la toucher. Elle marchait tête baissée, comme si elle cherchait sur le trottoir et dans le caniveau cette fichue journée perdue. Les gens se croisaient, les voitures filaient, la nuit se remplissait de bruit, de lumière et de mouvement mais Mlle Clarvoe ne levait pas le nez. Elle réfléchissait. Je dois faire semblant, pensait-elle. Je dois faire semblant de ne pas remarquer qu'on me suit.

Mais qui diable la suivait ? Bella ? Le vieil homme qui l'avait entendue parler tout haut ? Un ami de Bella ? D'ailleurs, pourquoi la suivraient-ils ? Ils n'avaient rien à espérer, pas même un peu d'argent, car elle avait perdu son sac.

Elle marchait toujours. Un autobus s'était arrêté et les voyageurs en descendaient. Elle voulut se mêler à la foule, mais, auparavant, jeta un dernier coup d'œil autour d'elle. Et elle la vit tout à coup. Evelyn. Evelyn Merrick. Adossée à la vitrine d'un magasin de télévision. Elle faisait une pause dans sa promenade du soir. Mais Mlle Clarvoe savait que cela n'avait rien d'une promenade, il s'agissait d'une poursuite, et elle, Helen, était l'animal traqué. Saisie d'une intense panique, elle se mit à courir et traversa la rue, aveugle et sourde. Elle ne sentit pas l'impact de la voiture qui arrivait.

Lorsqu'elle revint à elle, elle était allongée sur le trottoir et une foule l'entourait, des gens qui gesticulaient et parlaient tous en même temps.

— Je l'ai vue de mes propres yeux, elle s'est jetée…

— Feu rouge…

— Ivre, évidemment. Elle pue l'alcool à plein nez.

— Je vous jure que je ne l'avais pas remarquée. Elle s'est dressée brusquement là, devant le capot.

— Allons-nous-en. Si on s'attarde jusqu'à la venue des agents, faudra aller déposer au tribunal.

— Viens, Joe, viens. Il n'y a rien à voir. Et puis, la vue du sang me rend malade.

Du sang, pensa Mlle Clarvoe. Je saigne. Tout ce qu'elle a dit est vrai. Elle l'a vu dans sa boule de cristal. Accident. Sang. Je suis mutilée, défigurée.

— Tu me fais marrer, avec ton sang. À la boxe, on en voit bien plus.

— Elle avait sûrement bu.

— De mes propres yeux…

— A-t-on appelé une ambulance ?

— La dame au chapeau vert est allée téléphoner à son mari, il est médecin.

Un jeune homme vêtu d'un uniforme de chauffeur de taxi enleva son veston et essaya de le glisser sous la tête de Mlle Clarvoe. Elle fit un geste pour le repousser et se remit péniblement sur son séant.

— Je vais très bien. Laissez-moi tranquille.

Elle avait parlé d'une voix à peine audible, mais le jeune homme l'entendit.

— Vaut mieux que vous restiez allongée jusqu'à la venue du médecin.

— Je n'ai pas besoin de médecin.

— J'ai suivi des cours d'infirmier, et le manuel dit qu'il ne faut pas que les blessés bougent.

— Je ne suis pas blessée.

Elle se remit sur ses pieds et s'essuya le visage avec un mouchoir que quelqu'un lui tendit. La foule commença à se disperser. Le spectacle était terminé, personne n'avait été tué. Tant pis, on aurait plus de chance la prochaine fois.

Seul le jeune chauffeur demeura sur place, l'air inquiet.

— Ce n'était pas de ma faute, dit-il. Tout le monde a pu voir que je n'y étais pour rien. Vous avez littéralement plongé sous la bagnole. J'ai même pas eu le temps de freiner.

Mlle Clarvoe regarda en direction du magasin où elle avait aperçu Evelyn Merrick. Son ennemie était partie. À moins qu'elle ne se soit cachée ailleurs, dans un endroit où l'on ne pouvait pas la voir. C'était son jeu préféré, attendre dans l'ombre, rôder la nuit, guetter les imprudents.

Le chauffeur de taxi continuait de se lamenter.

— Tout le monde a pu constater que j'ai fait tout mon devoir. Je me suis arrêté, j'ai essayé de vous soigner, j'ai…

— Oh ! taisez-vous, pour l'amour du ciel ! hurla Helen. Assez de jérémiades. Ce n'est pas le moment. *Pas le moment*, vous entendez ?

Il fit un pas en arrière, surpris.

— Je ne comprends pas…

— Écoutez-moi… Comment vous appelez-vous ?

— Harry. Harry Reis.

— Harry, il faut que je quitte cet endroit au plus vite. On me suit. Elle était… je l'ai vue devant ce magasin, il y a quelques minutes. Elle projette de me tuer.

— Sans blague !

Il ne tourna même pas la tête pour voir l'endroit indiqué.

— Dites, vous ne vous seriez pas évadée de quelque part… ?

Il cligna de l'œil.

— Évadée ?

— Vous me comprenez. Vous n'auriez pas escaladé les grilles, des fois ?

Elle secoua la tête, sincèrement étonnée. Des grilles ? Lui aussi parlait par énigmes. Comme Bella. Il s'exprimait en anglais, mais elle ne le comprenait pas. Peut-être s'était-elle tenue éloignée du monde trop longtemps, au point de devenir une étrangère, qui ne comprenait plus ni la langue ni les gens. Le monde était envahi par les Bella, les Evelyn Merrick et les Harry au sourire plein de sous-entendus. Il faut que je rentre, songea-t-elle. Sur-le-champ. Que je m'enferme, que je me barricade dans ma chambre.

— Partons, dit-elle.

— Sûr, fit Harry. Tout ce que vous voudrez.

Ils se dirigèrent vers le taxi dont Harry ouvrit la porte. Mlle Clarvoe jeta le mouchoir taché de sang sur le trottoir. Elle ne ressentait aucune douleur, maintenant, simplement une terrible lassitude dans tous les membres.

Elle prit place dans le taxi et ramena son manteau sur elle. Elle se souvint tout à coup de la remarque faite par la jeune Mollie. De l'écossais. De l'importé. Mlle Clarvoe n'avait jamais prêté la moindre attention à de tels détails. Il y avait des moutons partout dans le monde, mais les moutons écossais avaient peut-être une laine plus fine. De la laine. Des moutons. Blackshear. Elle avait oublié M. Blackshear. Il était à des kilomètres et à des années de là, elle se souvenait à peine de son visage, si ce n'est qu'il ressemblait un peu à celui de son père.

Il faisait bon et chaud dans le taxi, et la radio marchait. Trois ou quatre messieurs discutaient de politique. Ils défendaient des idées précises, avec fermeté, ils savaient tous parfaitement où ils avaient passé la journée et ce qu'il fallait attendre de la nuit. Harry s'assit au volant et éteignit la radio.

— Où va-t-on ?

— Au Monica Hotel.

— C'est là que vous habitez ?

— Oui.

— Depuis longtemps ?

Elle ne songea même pas à s'étonner.

— Bien sûr, répliqua-t-elle. Depuis bientôt un an…

Elle se rendit compte qu'il ne la croyait pas. Que croyait-il d'ailleurs ? Avec cette histoire de grilles ? Elle n'avait jamais vu Harry de sa vie, elle en était tout à fait certaine, pourtant son comportement indiquait qu'il connaissait de vilains secrets sur elle.

— Je vous payerai, fit-elle vivement. J'ai de l'argent à la maison.

— Sûr, m'dame.

— Je vous enverrai un chasseur avec le montant de la course.

— Oui, m'dame.

Elle devinait, à son intonation, qu'il pensait qu'elle plaisantait ou se moquait de lui. Mais il ne disait rien, car le client a toujours raison.

Elle observa le visage d'Harry dans le rétroviseur. Jeune, beau garçon. Un peu rustre peut-être, mais sûrement un brave type. Qui se serait douté de l'esprit qu'il abritait ? La grosse dame offrait sa malice et ses souffrances au regard du monde, celles d'Harry se cachaient sous la fadeur juvénile de son visage, pareilles à des vers au cœur d'une belle pomme. Pourtant, même Harry au cerveau vermoulu savait où était passée sa journée. Elle, avait laissé tomber la sienne quelque part, comme un mouchoir, avant de la récupérer, souillée, sur le parquet sale d'une putain.

— Harry ? fit-elle.

— Oui, m'dame ?

— Quel jour sommes-nous ?

— Jeudi.

Jeudi. Douglas est mort ce matin. M. Blackshear est venu me l'annoncer à l'hôtel. Je lui ai promis de rentrer à la maison, pour tenir compagnie à ma mère. M. Blackshear m'a proposé de me conduire là-bas, mais j'ai refusé. Je ne voulais pas qu'il me touche. Cela me faisait peur. J'ai voulu prendre un taxi, et j'ai attendu devant l'hôtel, mais je n'en ai arrêté aucun. Je n'avais pas envie de rentrer chez moi. Je ne voulais pas entendre ma mère dire du mal du pauvre Douglas. Après la mort de papa, ma mère s'est montrée insupportable. Tout était de la faute de papa.

Soudain quelqu'un a prononcé mon nom. Je me suis tournée et j'ai vu Evelyn Merrick. Elle se tenait debout à côté de moi, souriante, au milieu de la foule. Moi, j'ai toujours eu peur de la foule.

Elle pas. Plus il y a de monde, plus elle se sent heureuse. J'ai redressé la tête, pour lui montrer que je ne la craignais pas. Mais ça n'a pas pris. Impossible de tromper Evelyn. « Peur ? » a-t-elle demandé. Puis elle m'a prise par le bras. Je n'ai pas réagi. D'habitude, j'ai horreur que les gens me touchent, mais cette fois, c'était différent. Au contraire, le contact de sa main m'a donné une espèce d'assurance. « Viens, a-t-elle dit. On va prendre un verre. »

Allons prendre un verre, perdre la journée, laisser tomber son mouchoir.

— Qu'est-ce que vous dites, m'dame ?

— Rien.

— Si vous avez changé d'avis et si vous voulez retourner là-bas…

— Retourner où ?

— D'où vous venez.

— Je ne comprends pas vos insinuations, déclara-t-elle en essayant de maîtriser la colère qui s'emparait d'elle. Je rentre précisément à l'endroit où j'habite. Le Monica Hotel où j'occupe un appartement. Est-ce clair ?

— Oui, m'dame…

Harry n'était pas né de la dernière pluie, il était quasi sûr que la dame avait goûté aux narcotiques. Les dames, et on voyait qu'elle en était une, ne touchaient pas à l'héroïne. Le Nembutal était plus distingué, dans son utilisation autant qu'à l'achat. Il n'était pas nécessaire d'attendre au coin d'une rue sombre ou dans un box au fond d'un bar. On pouvait se procurer les petites gélules jaunes dans le cabinet d'un médecin chic au motif d'être nerveux et insomniaque. Toutefois, on n'obtenait pas toujours le sommeil, il arrivait que le médicament provoque des crises de folie. Il jeta un coup d'œil dans le rétroviseur. Sa passagère s'était tassée dans un coin de la banquette arrière et semblait plongée dans ses pensées. Ses lèvres remuaient sans bruit, comme si elle priait.

Elle m'a prise par le bras, je m'en souviens nettement, et elle m'a dit : *Godiona gavoltch.* C'était notre mot de passe secret à l'école, lorsque l'une de nous avait des ennuis. J'ai répété ces mots et j'ai eu soudain l'impression de me retrouver il y a quinze ans. « Viens, a-t-elle dit, je t'offre un verre. » J'aurais voulu la haïr, mais à ce moment-là, je ne pouvais plus. Je redevenais sa victime, comme je l'ai toujours été. Tout le monde sait que je suis une victime. Même Harry. Il ne le sait pas, mais il s'en doute. Ses yeux et sa voix le disent.

— Vous voulez que je vous dépose devant l'entrée de service, m'dame ?

— Je n'ai pas l'habitude d'utiliser l'entrée de service.

— Je pensais que, comme vous avez été victime d'un accident…

— Aucune importance…

Elle mentait. Elle aurait bien aimé rentrer par la porte de service, se faufiler jusqu'à son appartement sans être vue. Mais c'était impossible. Ses clés se trouvaient dans le sac qu'elle avait perdu.

— Ne vous inquiétez pas au sujet de la course. Je vous enverrai un chasseur.

Ils étaient arrivés devant le Monica. Harry freina puis stoppa.

— Combien ça fait ?

— Trois dollars, tout juste…

Il était resté à sa place au lieu de descendre et de lui ouvrir la portière. Il ne s'attendait pas à un pourboire, ni même au prix de la course, mais il voulait voir comment elle se ferait jeter du Monica.

Mlle Clarvoe ouvrit la porte toute seule et mit pied sur le trottoir tout en relevant le col de son manteau pour masquer ses blessures au visage. Elle ne pouvait malheureusement cacher ni les bas déchirés ni l'état de son chapeau. Elle courut plutôt qu'elle ne marcha vers l'entrée du Monica.

Horner, le réceptionniste, était occupé à faire signer le registre des voyageurs à quelques clients qui venaient d'arriver. En apercevant Mlle Clarvoe, il les laissa froidement tomber et se précipita à sa rencontre, les yeux exorbités, les lèvres tremblantes d'émotion.

— Mademoiselle Clarvoe ! s'écria-t-il. Mademoiselle Clarvoe ! Pour l'amour du ciel…

— J'ai perdu mes clés, répliqua-t-elle froidement. Pouvez-vous m'en donner un double ?

— Tout le monde vous cherche, mademoiselle Clarvoe. Toute la ville. On…

— Eh bien, me voilà. Vous pouvez arrêter les recherches.

— Mais que vous est-il arrivé ?

Elle répondit sans hésitation.

— Il faisait tellement beau que j'ai décidé d'aller faire une petite promenade à la campagne…

Avait-il vraiment fait beau ? Elle n'en savait rien. Elle ne se souvenait pas plus du temps que de ce qu'elle avait fait, elle, depuis qu'elle avait quitté l'hôtel.

— La campagne est magnifique à cette époque de l'année, poursuivit-elle. Les lupins en fleurs, vous savez... Tellement beau...

Les mensonges jaillissaient de sa bouche, ils se battaient pour s'échapper en premier. Elle ne pouvait plus s'arrêter. Des paroles, n'importe lesquelles, étaient préférables au silence ; des souvenirs, même faux, valaient mieux qu'un aveu d'amnésie.

— Malheureusement, continua-t-elle, j'ai fait un faux pas et je suis tombée. J'ai déchiré mon manteau et mes bas et me suis égratigné le visage...

Tandis qu'elle parlait, la scène se recréait nettement devant ses yeux. Des détails apparaissaient, la taille et l'aspect de la pierre qu'elle avait heurtée, les champs bleus de lupins et, au-delà, les collines que couronnaient dans le lointain des montagnes aux sommets couverts de neige.

— Vous auriez dû nous prévenir, déclara M. Horner d'un ton de reproche. Tout le monde s'est fait du souci. La police est venue ici, en compagnie d'un certain M. Blackshear.

— La police ?

— J'ai dû les laisser entrer dans votre appartement. Ils ont insisté. Je n'ai pas pu m'y opposer...

Il se pencha et ajouta d'un ton de confidence :

— On pensait que vous aviez été enlevée par une folle.

Le visage de Mlle Clarvoe vira au gris cendre. Enlevée par une folle ? Non, ce n'est pas du tout ça, pensa-t-elle. Je suis sortie avec une vieille amie, pour boire un verre. J'avais peur de la foule, de la circulation, et c'est elle qui m'a redonné de l'assurance en me prenant par le bras. Toute seule, je me sentais moins que rien, mais avec Evelyn à mes côtés, je voyais que les gens nous contemplaient avec curiosité et même avec admiration. « Viens prendre un verre », a-t-elle dit.

Ça me faisait plaisir d'être là, contemplée avec curiosité, admirée. Ah ! quelle sensation merveilleuse ! Mais Evelyn aime le changement. Elle ne tenait pas en place, continuant de répéter : « Viens ! viens ! viens ! », comme si elle avait quelque chose d'extrêmement intéressant en vue et qu'elle voulait me faire partager ses aventures. Je lui ai dit : « J'ai promis d'aller à la maison et de rester avec ma mère, parce que Douglas est mort. » Elle les a traités, tous deux, d'un vilain nom et s'est moquée de moi lorsque je lui en ai fait l'observation. J'étais, selon elle, bien trop prude et timorée. Mais ce n'est pas vrai. Même si je le suis un peu, je n'ai jamais aimé l'être. « J'ai un ami, m'a dit Evelyn. C'est un marrant, il sait s'amuser. Allons le voir, il nous fera mourir de rire. »

Douglas, mon frère, est mort. Je n'aurais pas dû avoir envie de rire et pourtant je ne pouvais m'en empêcher. J'ai demandé à Evie comment s'appelait son ami si drôle et elle m'a cité son nom. Bizarre que je m'en souvienne alors que tant de choses se sont complètement évanouies de mon esprit. Jack

Terola. « C'est un artiste, a expliqué Evelyn. Un photographe. Il va me prendre en photo. Il me rendra immortelle. » Alors, j'ai senti le poignard de l'envie remuer dans mon cœur, car moi aussi je voulais devenir immortelle.

— J'ai été obligé de coopérer avec la police, disait M. Horner. Je n'avais pas le choix. Ou plutôt j'avais le choix entre leur remettre les clés de votre appartement de bon gré ou me les faire enlever de force.

— Je n'aime pas qu'on se mêle de mes affaires personnelles.

— Tout le monde a agi au mieux de vos intérêts, mademoiselle Clarvoe.

— Vraiment ?

— Après tout, il aurait pu vous arriver malheur.

— Ce qui est arrivé, répliqua-t-elle froidement, c'est que je suis allée à la campagne avec une vieille amie.

— Ah oui ! Pour voir les lupins en fleurs.

— Exactement.

M. Horner eut un imperceptible haussement d'épaules. On était en novembre et les lupins ne seraient guère en fleurs avant trois ou quatre mois. Il alla chercher le double des clés de l'appartement de Mlle Clarvoe et les posa devant elle, sur le comptoir.

— Il y a également un certain nombre de messages pour vous, ajouta-t-il. En particulier, vous êtes priée de rappeler immédiatement M. Blackshear. Il se trouve chez votre mère.

— Merci.

— Et puis, une jeune dame m'a demandé de mettre ce petit mot dans votre casier.

C'était une feuille de papier à en-tête de l'hôtel.

J'attends dans le hall. Je dois te voir sans tarder. Evelyn Merrick.

Helen aurait voulu fuir, mais elle n'en avait pas la force. Ses jambes auraient refusé de la porter. Elles étaient lasses de l'avoir portée en tant d'étranges et sinistres lieux. Elle savait qu'il lui était désormais impossible de s'échapper. Demain, après-demain ou la semaine prochaine, à un moment ou un autre, Evelyn Merrick l'attendrait quelque part.

16

Elle se tourna et vit Evelyn Merrick qui venait vers elle en se frayant un passage à travers la foule qui emplissait le hall. Cette journée, qui avait changé Helen, avait aussi changé Evelyn. Elle n'était plus souriante ni sûre d'elle comme lorsqu'elles s'étaient croisées dans la rue. Vêtue de noir, comme si elle portait le deuil, elle avait l'air grave d'une personne s'apprêtant à avoir une explication décisive.

— Je vois que tu as reçu mon mot, dit-elle.

— Oui, répliqua Helen Clarvoe. Je l'ai lu.

— Il faut qu'on se parle.

— Oui.

Il le faut. Il faut que je découvre comment j'ai perdu ma journée, comment toutes ces minutes sont passées au-dessus de moi sans me toucher, comme des oiseaux pressés, pourquoi le temps s'est arrêté pour moi. Le temps ne s'est sûrement pas arrêté pour Evelyn. *Pourquoi n'es-tu pas comme Evelyn ?*

— Tout le monde s'est fait du souci pour toi, poursuivit Evelyn. Où es-tu allée ?

— Tu le sais très bien. J'étais avec toi.

— Mais… De quoi parles-tu ?

— Nous sommes allées à la campagne ensemble, pour voir les lupins en fleurs.

Le visage d'Evelyn se crispa.

— Tu as toujours été une menteuse accomplie, Helen, dit-elle, mais cette fois, tu vas vraiment trop loin. Ça fait plus d'un an que nous ne nous sommes pas vues.

— Tu ne devrais pas tenter de nier…

— Je ne tente pas ! *Je nie* !

— N'élève pas la voix, s'il te plaît. Les gens nous regardent. Je déteste que les gens me regardent. J'ai un nom et une réputation à protéger.

— Personne ne nous prête la moindre attention.

— Si ! Tu vois que mon manteau est tout sale, et que mes bas sont déchirés. C'est à cause de cette promenade à la campagne. Tu as sûrement oublié que c'est sur ton invitation que nous y sommes allées. J'ai heurté une pierre et suis tombée… (Sa voix s'était changée en point d'interrogation, ses yeux étaient effrayés.) Tu t'en souviens, maintenant ?

— Je n'ai à me souvenir de rien.

— De rien ?

— Il y a plus d'un an que je ne t'ai vue, Helen.

— Mais, ce matin, nous nous sommes rencontrées devant l'hôtel. Tu m'as proposé de prendre un verre avec toi en me disant qu'on allait voir un homme qui te rendrait immortelle. Tu voulais que je t'accompagne.

— Ce que tu dis n'a aucun sens.

— Si, si ! Je me rappelle même le nom de cet homme. Terola. Jack Terola.

— Tu es allée voir Jack Terola ? demanda Evelyn en baissant la voix.

— Je ne sais pas. Je crois que nous y sommes allées toutes les deux, toi et moi. Après tout, je ne serais pas allée seule chez un homme que je ne connais pas. Et puis, c'était ton ami, pas le mien.

— Je n'ai jamais entendu ce nom de ma vie. Du moins jusqu'à ce soir, lorsque j'ai lu les journaux.

— Les journaux ?

— Terola a été assassiné peu avant midi aujourd'hui, fit Evelyn. Il est important que tu te souviennes de ce que tu as fait, Helen. Y es-tu allée ce matin ?

Le visage de Mlle Clarvoe exprimait l'étonnement le plus sincère.

— Es-tu allée voir Terola ce matin, Helen ? insista Evelyn.

— Je dois… je dois monter.

— Nous devons parler, tirer ces choses au clair.

— Non, non… Je dois monter et m'enfermer dans mon appartement pour me protéger de tout ce qui est laid.

Elle pivota sur ses talons et, lentement, se dirigea vers l'ascenseur, le dos voûté, les mains dans les poches de son manteau comme si elle voulait éviter tout contact physique avec ceux qu'elle rencontrerait.

Elle attendit qu'un des appareils soit vide, y pénétra et dit au vieux liftier de monter sans attendre. Elle avait toujours donné de généreux pourboires à l'homme et il connaissait sa manie de voyager seule. Il referma les portes et mit l'ascenseur en marche.

— Une vraie journée d'hiver, mademoiselle Clarvoe.

— Je ne sais pas. J'ai perdu la mienne.

— Pardon, mademoiselle ?

— J'ai perdu ma journée, expliqua-t-elle. Je l'ai cherchée partout, mais en vain.

— Est-ce que vous... vous n'êtes pas malade, mademoiselle Clarvoe ?

— Ne m'appelez pas ainsi.

— Je...

— Appelez-moi Evelyn.

— Oui, mademoiselle.

— Allez-y, dites-le ! Dites *Evelyn* !

— Evelyn, fit le vieil homme qui se mit à trembler.

Arrivée dans son appartement, elle verrouilla la porte et, sans même ôter son manteau, se dirigea vers le téléphone. Tandis qu'elle composait le numéro, elle sentait une intense émotion la gagner, telle la lave qui monte à l'assaut du cratère.

— Madame Clarvoe ?

— Est-ce... est-ce vous, Evelyn ?

— Elle-même. Je viens de vous rendre un autre service.

— Je vous en supplie...

— Ne pleurnichez pas. Je déteste les pleurnicheurs.

— Evelyn...

— Je voulais simplement vous annoncer que j'ai retrouvé Helen pour vous. Je l'ai enfermée dans sa chambre d'hôtel, saine et sauve.

— Il ne lui est rien arrivé ?

— Ne vous en faites pas. Je m'en occupe. Je suis la seule à savoir comment la soigner. Elle a été très vilaine et mérite une leçon. Elle ment, c'est une affreuse menteuse. Alors, comme les autres, elle doit être punie.

— Laissez-moi parler à Helen.

— Oh non! Pas maintenant. Ce n'est pas son tour. À chacun son tour de parler. Ce n'est pas commode, car Helen a refusé de me céder le sien et il a fallu que je le lui prenne sans lui demander sa permission. Elle a eu un petit accident et se sent un peu commotionnée. C'est ainsi que j'ai pu prendre son tour. Moi, je me sens bien. Je ne suis jamais malade. Je lui laisse le soin de l'être. Je lui laisse tout ce qui est vieux et laid. Moi, je n'ai que vingt et un ans. Et cette vieille toupie en a bien trente...

Evelyn Merrick attendait Blackshear dans le hall lorsqu'il arriva, vingt minutes plus tard.

— J'ai fait aussi vite que j'ai pu, dit-il. Où est Helen?

— Elle s'est enfermée dans sa chambre. Je suis montée et j'ai frappé à la porte, mais elle n'a pas réagi. Alors j'ai écouté. Je l'entendais parler à l'intérieur.

— Que faisait-elle?

— Vous le savez très bien, monsieur Blackshear. Je vous l'ai dit en vous appelant. Elle téléphonait, imitant ma voix, se faisant passer pour moi.

— Je crains que ce ne soit plus grave. Si seulement elle ne faisait que prétendre.

— Que voulez-vous dire?

— Mlle Clarvoe est atteinte d'une espèce de folie très rare, celle dont je vous croyais atteinte, vous. Dédoublement de la personnalité, expliquerait un médecin. Un prêtre, lui, dirait qu'elle est possédée. Helen est possédée par le diable, mademoiselle Merrick, à qui elle donne votre nom.

— Pourquoi ? Que lui ai-je fait ?

— Voulez-vous m'aider à le découvrir ?

— Je ne sais pas. Que voulez-vous que je fasse ?

— Nous allons monter et essayer de lui parler.

— Elle ne nous laissera pas entrer.

— Nous pouvons tenter notre chance... C'est tout ce que nous pouvons faire pour elle. Si nous échouons, nous recommencerons.

Ils montèrent au troisième et suivirent le long couloir menant à l'appartement de Mlle Clarvoe. La porte était fermée à clé, mais on entendait une femme parler à l'intérieur. Seulement ce n'était pas la voix d'Helen, c'en était une aiguë et criarde, rappelant celle d'une fillette impubère.

Blackshear frappa vigoureusement.

— Helen ? Laissez-moi entrer.

— Allez-vous-en, vieil idiot, et laissez-nous seuls.

— Helen, que faites-vous, enfermée dans votre appartement ?

— Admire le joli gâchis dont tu es responsable. Il m'a retrouvée. C'est ce que tu voulais, hein ? Tu m'as toujours jalousée, tu n'as jamais cessé de me repousser hors de ton existence. Et maintenant, tu as réussi à ameuter ce Blackshear et la police. On me recherche comme une vulgaire criminelle. Pourtant, je n'en suis pas une. Tout ce que j'ai fait, c'est toucher Terola avec des ciseaux, parce qu'il méritait une leçon. Comment pouvais-je savoir que sa chair était molle comme du beurre ? Un homme normal n'aurait même pas saigné, tellement j'ai appuyé doucement. Je n'y suis pour rien si le pauvre crétin en est mort. Mais la police ne me croira pas. Je devrai me cacher ici, avec toi. Rien que toi et moi, tu comprends. Non que ça m'amuse, mais il le faut. Pourtant je vais m'ennuyer avec toi, je le sais. J'aimerais bien pouvoir sortir, m'amuser un peu.

Blackshear voulut parler mais les mots refusèrent de sortir de sa bouche. *Luttez, Helen, ne vous laissez pas aller. Tenez-lui tête.* Il se mit à taper sur le battant à coups de poing.

— Écoute un peu ça. Voilà qu'il essaie d'enfoncer la porte. Il veut récupérer sa bien-aimée. N'est-ce pas touchant ? Ce qu'il ne sait pas, c'est qu'il devra enfoncer des dizaines et des dizaines de portes. Et tout cela en vain. Il ne te retrouvera jamais. Dis-lui de s'en aller, Helen. Dis-lui de ne pas nous ennuyer. Dis-lui que s'il ne s'en va pas sur-le-champ, il ne te reverra jamais vivante. Vas-y, parle, espèce de vieille sorcière !

Un silence, puis la voix d'Helen leur parvint, normale :

— Monsieur Blackshear... Paul... Allez-vous-en...

— Helen, tenez bon ! Je vais vous aider.

— Allez-vous-en ! Allez-vous-en !

— Vous entendez ça, beau brun ? Allez-vous-en, dit-elle. Beau brun ! Bon Dieu, ce que c'est drôle. Une sacrée aventure que tu as eue, Helen. Est-ce que tu pensais vraiment que quelqu'un pourrait tomber amoureux d'une vieille peau comme toi ? Regarde-toi plutôt dans la boule de cristal, espèce de mocheté.

Elle éclata de rire. Puis, soudain, ce rire s'éteignit et un sinistre silence lui succéda.

— Helen ! supplia Blackshear, Helen, écoutez-moi !

— Allez-vous-en !

— Ouvrez la porte. Evelyn Merrick est ici, avec moi.

— Menteur !

— Ouvrez la porte et vous le verrez vous-même. Vous n'êtes pas Evelyn. Evelyn est ici, à mes côtés.

— Menteur, menteur, menteur !

— Helen, je vous en supplie, laissez-nous entrer. Nous voulons vous aider… Mademoiselle Merrick, dites-lui quelque chose, parlez-lui.

— Nous n'essayons pas de t'induire en erreur, déclara Evelyn. C'est vraiment moi, Evelyn.

— Menteurs !

Mais la serrure grinça et la porte s'entrouvrit. Le visage tourmenté de Mlle Clarvoe apparut devant eux.

— Helen n'est pas ici, dit-elle à Blackshear. Elle est partie. Elle est vieille et malade. Très malheureuse aussi. Elle veut qu'on la laisse tranquille.

— Écoutez-moi, Helen, fit Blackshear, vous n'êtes ni vieille ni malade.

— Moi ? Bien sûr que non. C'est elle. Vous devez confondre. Je suis Evelyn. Et je me porte comme un charme. Je n'ai que vingt et un ans.

Je suis belle et adulée. Je m'amuse follement. Je ne suis jamais malade, jamais fatiguée. Je suis immortelle...

Elle s'arrêta soudain et contempla Evelyn Merrick avec des yeux exorbités.

— Cette fille, qui est-ce ?

— Vous le savez très bien, Helen. C'est Evelyn Merrick.

— C'est faux. Débarrassez-vous d'elle. Dites-lui de s'en aller.

— Très bien, fit Blackshear d'un ton las. Je vais le lui dire.

Il se tourna vers Evelyn :

— Descendez dans le hall et faites venir un médecin.

Mlle Clarvoe suivit Evelyn du regard.

— Pourquoi lui avez-vous dit d'appeler un médecin. Elle est malade ?

— Non.

— Pourquoi faire venir un docteur, alors ?

Elle eut une moue de dégoût.

— Vous me déplaisez. Vous êtes un hypocrite. Et puis, vous êtes vieux, bien trop vieux pour moi. Si vous attendez quelque chose de moi, vous allez au-devant de déceptions. Je n'ai que vingt et un ans et j'ai des centaines d'amants...

— Helen, je vous en prie.

— Ne m'appelez pas comme ça, ce n'est pas mon nom, je ne suis pas Helen.

— Si, vous l'êtes. Vous êtes Helen et je ne veux pas que vous soyez quelqu'un d'autre. Je vous aime telle que vous êtes. Et les autres vous aimeront aussi, si vous leur en donnez la possibilité. Vous êtes Helen et…

— Non. Je ne suis pas Helen. Je ne veux pas l'être. Je la hais !

— Helen est une charmante jeune femme, fit doucement Blackshear. Elle est intelligente et sensible. Elle est également jolie.

— Jolie, cette vieille peau ? Cet épouvantail ?

Elle voulut repousser la porte, mais Blackshear s'appuya dessus de tout son poids. Elle recula, une main derrière le dos, comme une enfant cherchant à cacher un objet défendu. Mais Blackshear n'eut pas à deviner ce qu'elle tenait, car il voyait son reflet dans la glace au-dessus du téléphone.

— Posez ce coupe-papier, Helen. Remettez-le sur votre secrétaire. Vous êtes très forte et vous pourriez blesser quelqu'un par inadvertance… Comment avez-vous fait la connaissance de Terola, Helen ?

— Dans un bar. Il prenait un verre. En me voyant entrer, il est tombé amoureux de moi. Au premier regard. Comme tous les autres hommes. Ils ne peuvent s'en empêcher. C'est mon magnétisme. Est-ce que vous le ressentez ?

— Oui, je le ressens. Posez ce coupe-papier, Helen.

— Je ne suis pas Helen ! Je suis Evelyn. Dites-le ! Dites que je suis Evelyn.

Il la fixa, sans répondre. Soudain, elle courut vers la glace. Mais le visage qu'elle y vit n'était pas le sien. Ce n'était pas un visage, d'ailleurs. Il n'y en avait pas un, mais des dizaines, qui semblaient tourner comme dans quelque ronde infernale. Evelyn et Douglas, son père et sa mère, Blackshear et Mlle Hudson, Harley Moore et le réceptionniste du Monica Hotel, le vieux liftier. *Ils* parlaient tous en même temps et, malgré cela, elle entendait parfaitement tout ce qu'ils disaient : *T'es cinglée, petite... ? Elle a toujours été une sacrée menteuse... Quel dommage que nous n'ayons pas une fille comme Evelyn... On ne change pas un âne en cheval de course... Pourquoi ne ressemble-t-elle pas à Evelyn...*

Puis les voix s'éteignirent, les visages s'arrêtèrent de tourner et un seul reflet demeura dans la glace, le sien. Et elle s'entendit dire, d'une voix tremblante :

— Pitié, mon Dieu !

La mémoire la transperçait à coups de souvenirs insoutenables. Elle se rappela les bars et les cabines téléphoniques, la course sous la pluie, les rues inconnues. Elle se rappela Terola et son regard étonné tandis qu'elle le frappait, l'odeur âcre du café bouilli. Elle se remémora avoir retiré huit cents dollars de sa liasse de billets, qu'elle avait crus volés. Elle se souvint du chat dans le passage et du goût de la pluie, de Vicente qui l'avait mise à la porte de son établissement et du jeune homme qui avait ri quand elle s'était prétendue imperméable.

— Donnez-moi ce coupe-papier, Helen...

Dans la glace, elle vit Blackshear s'approcher à pas lents, avec un regard de chasseur à l'affût.

— Doucement, Helen, disait-il. Doucement. Ne vous énervez pas. Tout s'arrangera, tout ira bien.

Et il se mit à parler, à mi-voix, de médecins et d'hôpitaux, d'infirmières et de spécialistes, de repos. Il lui parla d'avenir. Toujours l'avenir, comme s'il était défini et tangible, rose et rond comme une pomme.

Elle, elle regardait dans la boule de cristal et y voyait un tout autre futur – des nuits empoisonnées par les souvenirs, des journées rongées par le désir.

— Ce n'est qu'une question de temps, Helen. Dans quelques mois, vous serez tout à fait rétablie.

— Taisez-vous, coupa-t-elle. Vous mentez.

Elle contempla le coupe-papier qu'elle tenait à la main. Lui seul pouvait dire la vérité, lui seul était son unique, son véritable ami. Elle pressa la pointe contre sa gorge et ne ressentit aucune douleur tandis que la lame s'enfonçait doucement. Elle fut seulement surprise de voir combien le sang était beau, de jolis filets couleur rubis, comme des rubans brillants et sans fin qui ne seraient plus jamais noués.

COMPOSITION RÉALISÉE PAR BELLE PAGE
IMPRESSION RÉALISÉE PAR
MAURY IMPRIMEUR – 45330 MALESHERBES (LOIRET)
POUR LE COMPTE DES ÉDITIONS J. C. LATTÈS
17, RUE JACOB, 75006 PARIS
EN AOÛT 2022

LE MASQUE
s'engage pour l'environnement
en réduisant l'empreinte carbone
de ses livres.
Celle de cet exemplaire est de :
115 g éq. CO_2
Rendez-vous sur
www.lemasque-durable.fr

PAPIER À BASE DE
FIBRES CERTIFIÉES

Dépôt légal : août 2022
Rang d'édition : 1
N° d'impression : 264302
Imprimé en France